Leslie
talks to
animals

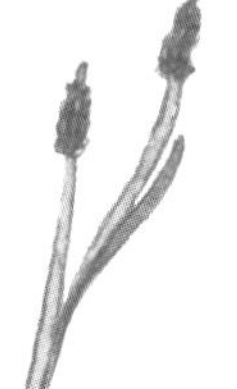

Leslie
talks to
animals

Leslie
talks to
animals

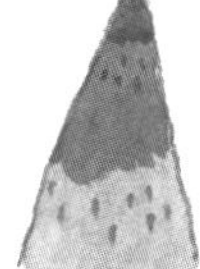

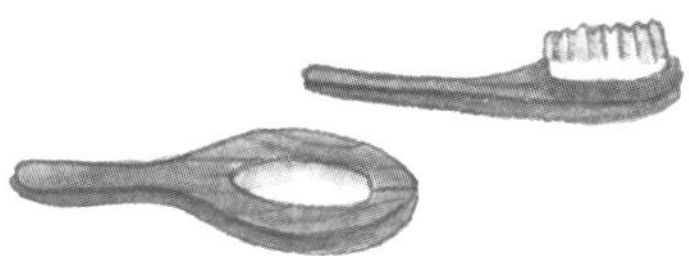

Leslie
talks to
animals

Leslie
talks to
animals

Leslie
talks to
animals

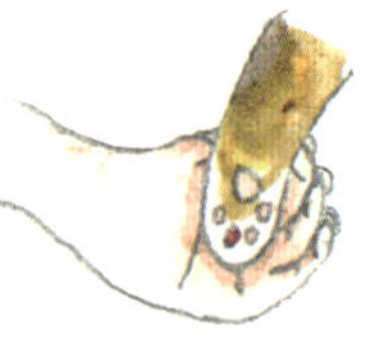

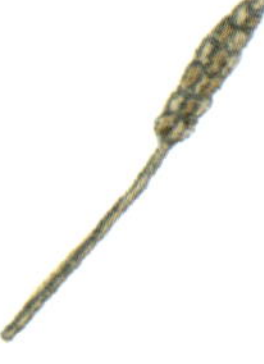

Leslie
talks to
animals

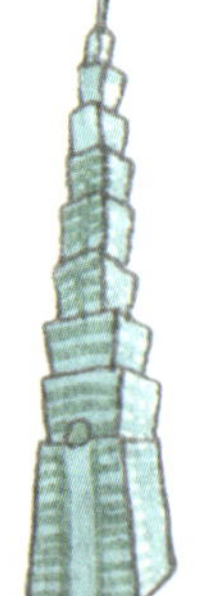

Leslie
talks to
animals

Leslie
talks to
animals

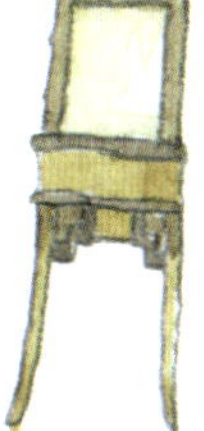

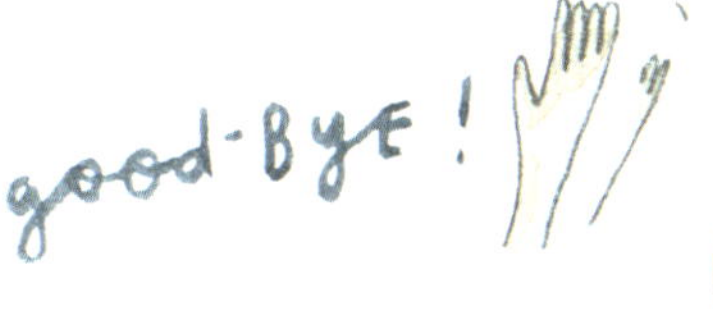

Leslie
talks to
animals

Leslie
talks to
animals

Leslie
talks to
animals

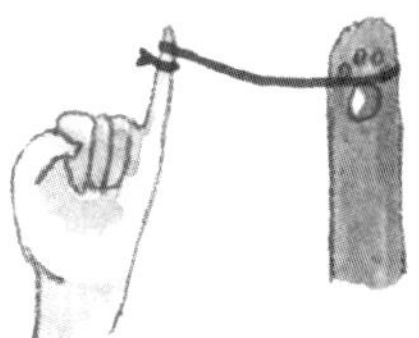

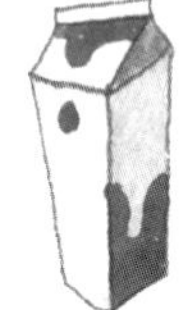

Leslie
talks to
animals

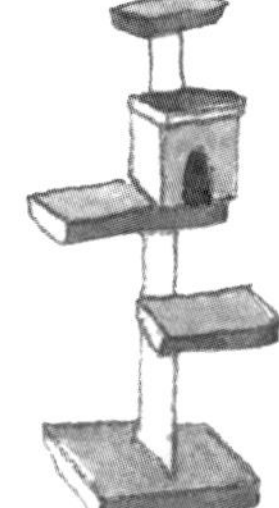

幸好你还在这里，我还在你身边

动物沟通师 · 裴惟信 Leslie ｜著
汤椀茹 Soupy ｜绘

九州出版社
JIUZHOUPRESS

目 录 Contents

目录 Contents

Leslie 的动物沟通师笔记

前 言

一开始，是看见以前因工作认识的美女朋友在Facebook征集动物，“练习”动物沟通。

虽然不常联络，但因为是很信任的朋友，所以我跃跃欲试，立刻给我们家的5岁比熊犬Q比报了名。

朋友细心传达出的Q比，不论个性和语气，都和我平时认识的Q比无异。

而且朋友也说出了很多只有我和Q比之间才知道的私密事情。

我在家中穿的睡衣、我曾跟Q比说过的话、Q比平常吃的食物，这些都让我对她的动物沟通天赋深信不疑。

后来我询问她怎么拥有这项才能的，她跟我说：“去上课啊！”

我遂循线前往学习，开启这段旅程。

“动物沟通？都是骗人的吧！”你有这样的想法，我一点都不讶异。因为我也曾是其中一员。

觉得动物沟通只是讲一些模棱两可的话，让人自动对号入座，或是揣摩一些动物行为的最大可能性动机，这样的事情谁都会做。

但直到我遇见我朋友，遇见我的老师，我学习动物沟通，一直到现在我成为动物沟通师。

也许我们应该先来简单地定义动物沟通这件事情。

动物星球频道曾做过一个实验，架摄影机拍摄在家的狗，并带主人出去玩乐。然后让主人在不固定的时间收工回家。

他们发现，只要工作人员告诉主人“收工啰！回家！”主人心中一有要回家的念头，狗儿在摄影机面前就会立刻焦躁不安，好像在期待主人回家。

什么是动物沟通？我会定义这是“感知本能”，这真的无关通灵或灵异，是每个动物与生俱来的能力，只是人类几乎不使用，也不愿意相信它。

但只要常做练习，都可以做到的，它不是什么奇人异士才能拥有的特殊能力。

感觉某位家人好像出事了，隐隐感到不安，所以打电话询问。

感觉好像有人在注视着你。

感觉好像有人在很专注地思念着你。

这类经验大家应该或多或少都有过吧？虽然不是跨物种，也是人与人之间很基本的感知交流，所以真的不是非得什么特异人士才能办到。

你问那还是需要天赋吧？我会说：就像我们现在用语言沟通，也是有人表达能力跟理解能力很差啊。（还为数不少）

《商业周刊》也有推出过相关书籍——《狗狗知道你要回家？探索不可思议的动物感知能力》，专门讲述动物之间，能够感受对方的第六感本能。（目前已绝版）

市面上目前也有许许多多专门讲述动物沟通的专业书籍。

今时今日，世界上已经有数百位动物沟通师在为动物与照护人服务，台湾地区亦有。

但可惜，相较欧美国家，兽医师会将动物沟通师作为解决心因性疾病的管道之一，台湾地区大部分民众与媒体，还是将动物沟通师视

为怪力乱神。

恕我直说，在台湾，动物沟通师是信誉度很低的行业。

我常跟朋友自嘲：动物沟通很像鬼故事，听过的人多，见过的人少，大部分的人是不相信的。

虽然做着不被人信任的工作，但做动物沟通师这些日子以来，有着动物的陪伴，我很幸福。

因为我帮助伴侣动物与照护人的生活更顺利圆满，像是婚姻咨询师，帮助两个相爱的人有沟通管道，一切遂快乐如意。

曾帮助领养来的长达半年处于疯狂便溺地狱的流浪狗，在我沟通的隔天就去阳台大小便。

曾帮助不肯吃饭的老猫，在我沟通后进食意愿大增。（终于换到他想吃的罐罐）

曾帮助晚上叫到崩溃、让主人夜不成眠的猫，沟通后终于肯安静地一起睡。

曾帮助夜夜在客厅哭倒长城、坚持要主人来客厅沙发一起睡的猫咪，搞得主人每天全身酸痛去上班，沟通后终于愿意晚上回房在床上一起睡。

曾帮助每天主人一回家就用一泡尿作为欢迎仪式的猫，沟通后，主人回家后只会看到她开心迎接的脸以及干净的地板和桌子。

我真心、打心底体会到，帮助人真的是件很快乐的事情，也非常感谢自己有这样的能力。

动物沟通师的路，还希望能一直走下去，与动物一起。

Help animals, help people, help myself. 一直、永远是我的初衷。

因为一个人的能力与时间都有限，而想要帮助的动物与照护人那么多，我遂整理了许多的沟通故事，希望可以给有类似困扰的朋友一个参考与解决之道。

所有故事都是真实案例记录，完全没有改写或添油加醋。

全部的故事的撰写也都获得照护人的同意，并请他们提供伴侣动物的照片，让插画家Soupy（汤椀茹）临摹。

这些真实生活的轨迹，这些沟通中曾让我落泪的感动，好想与你们分享，也好希望能带给你们点什么。

另外也收集了一些成为沟通师以来的感触笔记，这些都是我心念上的转折记录。成为动物沟通师以来，意外地让我成为一个更积极乐观的人，希望我的沟通笔记，也能带给你类似的启发。

最后，也整理了一些人们最常问的有关动物的问题，并从动物沟通师的角度以及帮助照护人的经验中，给予一些解决的方法供你们参考。

能完成这本书，要感谢的人有好多好多，如果逐一点名，很怕漏了哪位，我恐怕会内疚到睡不着。

从家人到老师，从朋友到编辑，从照护人到每一位曾沟通过的动物。

我的所有力量都来自他们，是他们成就了我，成就了这本书。我相信人生没有白走的路，所有的鼓励与挫折都是点滴雨露。

陈之藩说：要感谢的人太多了，那就谢天吧。

谢谢照顾我的所有人，谢谢爱我、鼓励我、信任我的所有人。

我感谢所有的爱与我同在，所有善的信念与我同在，因为这些都吸引你们来到我的身边，与我同在。

Leslie

只愿你在哪里，我就在哪里

story 01

“最近没有了，但之前常常看你坐在房间床沿，哭得很伤心的样子，怎么了？”

“之前，几乎每天都会看你在家里吃饭，但最近你回来没多久就睡了，你有没有在吃饭啊？”

这样的话，像是一起生活很久的室友的问候，又或是家人间的亲昵话。

但事实上，他是一只22岁的猫咪，叫作“咪咪”。

“捡咪咪回家的小男生，是我朋友的儿子，那时候他上幼儿园，但现在那个小男孩转眼都成为一个当完兵在工作的大男生了。”照护人微笑着这样回想。

照护人和咪咪那种互动的感觉，很有点相依为命的味道，像是你是我的唯一，而我也是。

“之前哭是因为你的身体状况不稳定，我很担心啊！现在没有在家里吃饭，是因为最近工作比较忙，来不及回家吃饭。但我都有在吃的，别担心。”

灯光微微昏暗的咖啡厅，看到照护人眼眶隐隐的湿痕，我低头啜了口热茶，想稍微回避照护人的眼神，给她一点私人的时间消化。

我想，亲耳听到养了22年的猫咪，主动关心自己，内心的震撼，也许是那一抹泪痕的千万倍重吧！

“最近的生活照顾，有需要改善的地方吗？”

"背不舒服，觉得怎么躺都很怪，坐立不安，睡不好。

"上厕所的地方，很难进去，要用跳的。但我现在不大能跳了，我都要忍很久受不了了才去尿尿，因为厕所太难进去了。

"很讨厌打针，一天一次好吗？"

"咪咪的背有骨刺，的确是坐立难安；厕所很难进去这点，我会想办法改善，也许做个斜坡吧；但是他说的打针，其实是点滴。

"咪咪需要靠点滴强迫补水，但因为咪咪每次打点滴都很不配合，所以只好分3次打，一次20～30cc。

"如果咪咪可以配合不动撑5分钟的话，一次100cc，这样就可以一天打一次针。"

跟咪咪沟通后，咪咪说，只要一天降成打一次针，他可以配合。尽管如此，他嘴上还是抱怨："但是打针的时候，真的很无聊。"

回去后隔几天，照护人写信给我，说咪咪这几天打点滴都配合很多，一次都能打到100cc，终于能够如他所愿的"一天只打一次针"。

"也因为点滴顺利的关系，咪咪的整体状况变好很多，嗓门变大、姿势好多，就连晚上食欲都大增。"

年事已高的猫咪，因为优良的医疗环境得以延长寿命，但是因为身体的虚弱，让生活上有很多不舒服。通过沟通，能让咪咪的生活质量得以提升，在生命后半段的生活，过得轻松一点。

“只要咪咪愿意，我会一直陪他到最后一刻，我们一起努力。”尾声的时候，照护人这样严正地说道，像是咪咪的全部，都寄望在她手中一样，轻轻的一只猫，却是好重的一份心中重量。

“最后我想问，如果未来，有需要搬离这个家的时候，咪咪愿意跟我一起离开到新的地方生活吗？还是身体不舒服，想待在现在这个家，不想被移动呢？”

“我只希望，你在哪里，我就在哪里。”咪咪说。

年事已高的动物，身体孱弱，相对来说生活质量当然不是太好。还好可以通过动物沟通，让生活更舒心。又或者是有些高龄动物对食物挑嘴，怎样都不吃，看医生也看不出结果，利用动物沟通问出小祖宗心中真正想吃的食物，也会对食欲有帮助哦。

story 02

猫妈妈的教育

用心做了称职猫奴，也领养了心目中的美猫，但没想到猫咪却不亲人。

“小姐不大给摸，即使领养了一段时间，现在也不大能给我摸跟抱，这让我觉得有点沮丧……”

其实这不是我碰到的第一只“触不到的猫”，有些猫触不到的严重程度，是相处了5年，摸到的次数五根手指头都可以数出来。

其实摸不到也就罢了，可以通过时间让彼此适应，只是因为照护人不久后要从台北搬回台南，照这样下去，人靠近就会被威吓，也无法用手摸，很担心到时候要搬家无法把她送进猫篮里。

如此“触不到”，让我好奇当初照护人是怎么跟小姐相遇的。

“说到这，我就觉得我好像被仙人跳了。”照护人一脸委屈地说。

“当时是在医院领养小姐的，在医院的橱窗中她睡得好香好可爱，几乎让人不忍心吵醒她。

“没想到她醒了以后，好乖好撒娇，我的手怎么揉摸或是抱她起来都可以，完全就是一个任人宰割的状态。那时候我想说看来这只猫咪应该蛮好相处的，所以领养手续一办，我就带小姐回家了。

“没想到回家后睡了一晚，完全不是那么回事啊！”照护人整个像是个求诉无门、抱错小孩回家的妈妈。“摸也摸不到，太靠近还会被哈气，Leslie，你说这不是仙人跳是什么？”

问了小姐那时候第一次碰到照护人，怎么可以给他揉摸，现在却完全不行，没想到小姐说：“我那时候刚睡醒，心情好，所以没想那么多……”

果然是容易本位主义思考的猫咪，单单一句睡醒心情好，就把我跟照护人打趴。

“那你现在为什么都不理人呢？”我继续诱哄着小姐回答。

“从小，猫妈妈就跟我说不可以靠近人类，即使现在知道人类对我很好、很安全，但是我还是无法完全接受。

“即使现在习惯了，觉得安全了，但还是有种打从心底怕怕的感觉。”小姐努力解释着自己的处境。

我想了想该怎么传递这种信息给照护人，所以我比喻：

“大概就像我们从小被教育毒蛇很危险吧。

“知道蛇很危险，有天却意外地被毒蛇之家收养，毒蛇爸爸、毒蛇妈妈都对你很好，还会准备好吃的食物，也会每天在你身边蛇来蛇去照顾你，你可以接受相信毒蛇家庭不会伤害你，但是要跟毒蛇妈妈抱抱亲亲……可能还要花点时间来适应吧！”

小姐：“现在的极限是如果拿玩具来跟我玩，我可以小小给他摸一下。”

“对对对！她大概就是如果我拿逗猫棒跟她玩，可以趁机偷摸一下，其他时间根本就是碰不到啊。”

“所以你就想象你现在可以离毒蛇这么近，但毒蛇要主动来摸

你，还是感到很恐怖。”

“唉，那该怎么做才能让她接受我呀？”照护人有点忧心地问。

“再给她一点时间啰，你看现在不就可以偶尔偷摸了吗？”（笑）

后来听说，小姐成功地被打包，跟着照护人一起去台南生活了。但也许是因为工作室还在整理中，很多人，例如房东、家人进进出出，忙乱之间，小姐就这样逃家了。

后来听说，小姐只会趁没人的时候，回来工作室吃饭、排泄，完全把工作室当QK旅馆在使用。

后来听说，照护人目前决定先按照小姐的脾性，维持放养的状态，也许以后，再想办法捕获她吧。

我想着，也许对小姐来说，和毒蛇一起生活，还是太为难她了吧。希望小姐在外面，可以过着她想要的生活，一切平静安好。

猫咪不亲人，通常建议采取互不相理的模式，并且固定用餐时间与分量，让她对你充满食物的供给认知。不主动要求亲近抚摸，有时候猫咪反而会有意想不到的大转变。

浓情蜜意兄弟档

熊熊是3岁的成年结扎公猫，而小汤圆是新加入的小公猫，3个月大。

照护人发问："熊熊对小汤圆的想法是怎样？"

此时我内心想着，多半都是不喜欢的吧，通常旧猫都很不高兴新猫的加入，更何况这次还是两只公猫。

没办法，我沟通过太多打架斗殴到天荒地老的猫咪们，搞到照护人要用房间隔离，看到我的第一句话往往是：我对他们没有要求，只要不打架就好！

无怪乎我听到照护人问起旧公猫对于新公猫的想法，内心立刻如本能反应般地画了个大叉叉！

熊熊是可爱的虎斑猫，不同于虎斑猫通常带点顽皮或凶狠的神情，熊熊的表情柔和又带点天然憨厚感。

没想到一问熊熊，熊熊说："我还蛮喜欢他的！虽然刚来的时候很想打死他，我很气！但是现在觉得有他一起生活还蛮好玩的。"

"可是，他常常会咬我脖子，咬得我好痛哦，可以叫他不要这样吗？"熊熊哀求道。

照护人笑说："对，小汤圆每次都咬得熊熊哇哇叫，昨天晚上还把熊熊咬伤。可是我听说成猫都会咬回去，告诉小猫不可以这么用力啊！可以请熊熊咬回去吗？因为看熊熊这样真的也蛮心疼的……"

"可是他每次都咬得我好痛！我只想逃开啊！哪有心情想到什么咬回去啊！"熊熊感觉很委屈。

"那你如果不喜欢被小汤圆咬这么痛，你就要想办法咬回去哦。"我努力劝诫熊熊。

“那要怎么咬？”熊熊一副茫然的样子问我。

这下我糗了，我又没当过猫，我哪知道怎么咬？我开始努力回想一些动物星球频道、Discovery看来的成狮和幼狮玩耍的画面。

“你就反咬小汤圆脖子后面，那边最有肉，他比较不会痛。力道稍微重一点点，小汤圆就会知道这样子很痛，以后他就不会再咬你了。”见鬼了，我竟然在教猫咪怎么教训小猫。

“好吧，那我下次试试看。”熊熊一副好学生的样子回应我。

“还有，小汤圆除了爱咬熊熊外，还有个问题，就是现在晚上睡觉时，我们都会把小汤圆先关笼隔离，可是小汤圆都会一直叫一直叫……”

熊熊：“我知道啊，真的很吵耶，所以我跟小汤圆说好了，我下去陪他。然后我会去小汤圆的笼子外面趴着陪他睡。”

照护人：“真的……熊熊都会在床上喵喵喵几声以后，就下床去笼子外面陪小汤圆，而且这样以后，小汤圆真的就不会叫了……好吧，既然熊熊能把小汤圆安抚得很好，那我想小汤圆晚上爱叫应该也不是什么大问题了。”我觉得照护人真的很幸运，还能拥有熊熊保姆来帮他照顾“夜哭婴儿”。

“那我还想知道，以前熊熊都很爱躺在沙发上面的靠垫上，为什么现在熊熊都不大去躺了？是不喜欢了吗？”照护人疑惑发问。

“没有啊，因为躺在那个上面，小汤圆上不来又碰不到我，就会在下面一直哇哇叫、一直抓、一直爬，搞得我烦死了，所以干脆下去陪他。”熊熊一副无奈的样子，可是我十足感受到他的温柔贴心。

照护人：“对啊，熊熊真的很疼小汤圆，他还会帮小汤圆舔屁屁，可是常常刚一舔，小汤圆就会回头咬他！我想问熊熊：‘小汤圆是屁股不舒服吗，还是舔得太用力？’”

“就小孩子不耐烦，想早点结束。小汤圆真的很容易不耐烦耶。我教他用猫砂的时候他也爱学不学，他刚来的时候根本不会盖砂，还好有我教他，他现在才会盖砂，只是有时候还是会忘记盖，我还是要去帮忙盖一下。”熊熊很父兼母职的那样，一肩扛起幼猫的教育责任。

“那你现在的生活有开心的时刻吗？”听到熊熊好像有点小抱怨，照护人担心地问。

“我觉得可以一直舔小汤圆，帮他理毛，还有小汤圆冲过来咬我、我们追逐的时候，就是我现在超开心的时刻。”熊熊几乎毫不犹豫地回答。

我常常做猫咪的调解委员，当中更有不少是新猫与旧猫无法适应、天天斗殴的。这是第一次，熊熊让我认识到，原来新猫与旧猫可以生活得这么融洽、这么浓情蜜意。

聊个题外话，曾看动物星球频道记录：有人饲养幼公狮，从小baby一路养到成狮，小时候自是浓情蜜意，但公狮长大后，主人却得求助国家动物园之类的专业单位照顾。

原因是，公狮成长到一定年纪后，会有地域性，长大以后自然会想挑战最高阶级——主人的位置。所以主人在这种状况下其实是很危险的，此时主人的身份对成年公狮来说已经不是照护者，而是占据地盘的另一只公狮。

另外，在狮群中，如果旧公狮打输了，被新公狮驱逐，原本旧公狮的小孩就会统统被新公狮咬死。因为唯有母狮没了小孩，才会再度发情，愿意与新公狮交配。

正所谓一山不容二虎，在“猫科动物”的世界，雄性对雄性具有很大的挑战威胁！所以熊熊跟小汤圆能够融洽相处，真的实属难能可贵啊！

动物的感受

note 01

除了画面与言语，有时候动物是把“感觉”直接传给我。

从事动物沟通这些日子以来，除了能解读他们的喜乐哀怒，我觉得最妙的事情就是能从他们的视角感受不同的感觉。

这真的是一件很有趣的事情。

有一只法斗跟我说，夜晚走在下着毛毛雨的路上，空气中那种轻盈的湿润感、脚掌肉垫的冰凉感、鼻子接收空气中的雨粉，是多么舒服。

有公狗跟我说，他的尿是一种个人特殊香味（我想应该是定制香水的意思），他要在家里四处喷喷，确定家里都是他的香味才行。

有狗跟猫都传给我莲蓬头的水柱冲刷在身体刺痛的感觉，要我与照护人沟通，水柱能不能不要那么大力?

有猫传给我指甲剪靠近指甲时，那种深深的恐惧感，像是有人要拿针戳他的眼球一样可怕。我觉得这是一种本能的恐惧，因为猫咪如果生活在野外，爪子是他唯一求生的工具，要被去爪，大抵感受就像是我们要被削掉一手一脚般恐惧吧。

这样想想，动物为了跟我们一起生活，真的是从各方面配合我们很多。

扯远了，继续回到动物传给我的感受话题。

有很多猫跟我说，坐在窗户旁，感受不同时段的阳光以不同角度、不同温度洒在身上的感觉，特别棒。

有马尔济斯跟我说，看到爸爸妈妈在客厅站着拥抱，是多么幸福又温暖的感觉，他也很想加入这样的扎实感。我想他感受到的是爱。

我们的这些日常，在他们生活中有这么大的不同。

但以上讲的，还是一些日常生活的风花雪月。

那如果是悲伤的感觉呢?

曾有一只米克斯犬给我看，他的前主人（中年男子），骑摩托车把他弃养。

有点难形容那时候看到的这段回忆，有点像是哈利•波特把头埋进回忆盆里，你以旁观者的角度观看这件事情。

又或者用简单点的比喻，播放VCR给你看，但你同时却能“感同身受”。

我不知道你们能否了解，有时候完全的“感同身受”其实是一种恐怖又有点危险的事情。

那位中年男子，把狗载到像是巷子的地方，狗狗意识到状况跟平常不一样，所以坚持不肯下车。

这时中年男子还硬推，米克斯犬如何抵挡得了硬推的力道。好像距离机车不过20厘米的地面是悬崖，一旦掉下去了，就再无返还的机会。

不得不说，狗狗的预感是对的。

终于，这番挣扎是无效的，中年男子一把将狗狗推下机车后就扬长而去，这时狗狗选择在机车后面追，边吠边追、边追边吠……

狗仍在流浪中，定期喂养他的女生说，附近早餐店老板娘有目击我刚刚说的现场状况，所以情况真的是这样。而且，她其实来了是想问我：为什么狗狗抵死不肯上机车?

“之前狂犬病新闻正热的时候，很想载他去打预防针，但他死也不上车，所以我跟朋友走了好几公里的路带他去兽医院打预防针、拿吊牌。”

而这一切都有了解释。

我当时在咖啡厅哭到无法自拔，我觉得全世界失恋的文字，都无法叙述那种震撼到灵魂深处的悲痛。那一刻我其实讨厌动物沟通这个工作，因为我一点都不想感受这种事情。

感受动物的感受，是很神奇的体验，快乐有之，悲伤有之。

不管如何，我很感激我有这样的能力，感受不同物种在地球上生活的感受。这是一段奇妙的经验旅程，不管未来我是否还能保有这个能力，我都感恩有过这段不可思议的体验。

请大家选择以领养代替购买，有好多的生命需要再给一次机会有个新家。而且台湾米克斯犬跟米克斯猫，骨底超好，基因超强，比较不会像品种狗猫因为近亲繁衍的关系，慢性病不断哦。（像折耳猫跟腊肠狗普遍都有关节与脊椎的问题。）

story 04

说得听和讲不动的

很多人找动物沟通是为了解决问题行为。

乱便溺、吃大便、出门暴冲、翻垃圾桶、吠叫、破坏家具、攻击行为……不胜枚举。

利用动物沟通改善问题行为的用处是：知道动物失控的动机与原因，然后我们再想办法调整环境或人的行为来帮助改善。

只是想要动物沟通就能立刻改善问题行为，我都常自嘲又不是动物催眠。（就算送狗去上课也要3个月半年的吧？）我总是跟照护人一再强调："动物沟通只是知道彼此的心声，但不是控制对方的手段。"

根据我的经验：技术性行为，例如乱便溺，改善效果大。但如果关乎个性或本能，改善效果就相较低下。

例如黑柴犬Muni。

Muni，具备一切柴犬的特性：可爱、固执、爱玩、贪吃。

照护人首先准备了3张Muni散步的照片，想问Muni："最喜欢去哪里散步？"

Muni对其中一张地上铺满小瓷砖，像是小区中庭的照片情有独钟。

"我最喜欢去这里玩了！到这里玩就不会有那个奇怪的绳子拉着我跑来跑去，我可以想去哪儿就去哪儿！

"但是最近，都没有去这里了！为什么？我想去这里！"

照护人听了后喷骂："还不就因为你很爱跳高高的花圃啊！你的后腿是经过医生确诊的很脆弱，一天到晚跳花圃，我怕你受伤啊！而且怎么讲你都不听!

“还有，每次到那边，到了要回家的时候你都会故意跑让我追，我追得很累耶！”

Muni有身为黑柴犬倔傲的本性，果然不示弱地立刻回呛，现场立刻变成斗嘴大会。

“我的脚又不会痛，而且我知道你要抓我回家，我不想回家，我还没玩够！不想被你抓到，而且又要被抱起来好高，我好怕！

“还有！你有时候会用吃的骗我回家，我才不会相信你！而且我在忙，不想吃。”

“你这臭小子是有多忙，跑给我追！好，你现在只要答应我不再乱跳花圃，我就每天带你去你最爱的中庭玩！”

“好！我尽量！”Muni认真地回复我这个“口译员”。

“还答应得这么委屈？”照护人好气又好笑地说。

没想到回去后隔几天，照护人回信给我，说连续6天，Muni真的都没有跳上花圃，跟以前疯狂跳上跳下的态势大有差别。

“而且玩累了就慢慢走去门口等我，超级乖的！他现在出门这么乖，我一定天天带他去中庭啊！”

这就是我说的“技术性行为”，比较容易改善。

那所谓本性难改的问题行为呢？同样，我们还是请可爱的黑柴犬Muni示范举例。

“我们家隔壁是牛排馆，可不可以拜托Muni不要再去那边翻厨余桶了！”

不出意外地，Muni立马一口回绝：“办不到！那里太香了！”

照护人眼见无效，退而求其次地询问：“那你可不可以不要再乱吃地上的东西了？”

“我只是很好奇那是什么味道！我会吐出来！”

“可是每次看你乱吃，我要把东西拿走的时候，你都会吞下去！”照护人不甘示弱地反驳。

“因为会被你抢走啊，我只好吞下去了！”Muni讲得一副理所当然的样子。“乱吃东西”的沟通，就因为Muni摆明不愿配合，谈判破裂，就此作罢。

想利用沟通改善本性有多难，我总是笑说：“小时候妈妈叫我好好念书，我也一样没在听啊。”

知道动物问题行为的动机以后，通常要搭配环境与人的改善，再辅以1～3个月的观察期。想要在环境、人都没有变动的状况下，要求动物改变，成功的概率微乎其微。像我曾经碰到过有只狗总爱对家里爱捉弄他的小儿子吠叫，妈妈要我请狗“多喜欢小儿子一点”，我回答：除非他们互动有改善，否则单方面地希望狗改变对人的态度，基本上是不可能的啊！

story 05

成为更好的自己

我忘了是谁说过：“在爱情里比爱对方更重要的，是成为更好的自己。”

两个人展开一段新的关系，有点像是火箭发射到外层空间，你需要汰换很多不同的零件，来配合外层空间不同的气体压力需求。

审视、汰换、调整。

我觉得任何一段关系都是这样的，你善待自己、爱自己，在修补调整的过程中，蔡健雅是怎么说的？进化成更好的人。

然后更好的自己，再带着对方一起成为一个更好的人。

有点扯远了，但我想讲的事情是，一段关系，不管哪种关系，最重要的都是内观自省，抱持着“我想给你最好的我”的美好心情，不断修炼。

但这次我想聊的不是两性关系（当然不是），而是抱持着这样心情的米克斯犬——多比。

多比是两位照护人从三芝收容所带出来的精壮米克斯。为了想带多比从山上的收容所下山，照护人费了不少工夫。

“我们平时以机车代步，但是想把多比带下山，首先一定要先让她愿意上车跟我们走！

“可能是多比在铁笼子里待太久了，对人类不是很信任，也不会坐机车，所以我们连续三天骑车上山跟多比培养感情，慢慢教她上机车！”

“那回家后有好一点吗？”我喝着冰凉的水果茶，兴味盎然地发问。

“到了台北市区的家，多比几乎不吃不喝，整天躲在暗处，只要一带她出家门，她就会非常焦虑而且超夸张地横冲直撞！

“当时的我们，每天都会花很多时间跟她说话聊天，哄她吃饭喝水！并且改成在凌晨没什么路人的时候，带她去台大散步，尝试很多方法让她安全地坐上机车，带她去人烟稀少的草原跑跑！”

嗯，怎么听起来很像男生诱哄喜欢的女生跟他交往呢？（笑）

“这次沟通主要是希望多比出门别再那么紧张、横冲直撞了。还有，别那么害怕坐机车呀！”

没想到一询问多比出门横冲直撞这件事情，她的反应很激烈。

“外面很可怕！很多声音！而且好像有人要打我！我就想要赶快出门上完厕所赶快回家！”

“怎么会，你别怕呀，有事情，我们会保护你的！”照护人立马像英雄般拍胸脯保证。

“我知道啊！上次有一只黄色的狗要来欺负我，你有站在我的前面！”

“天哪！你记得，你记得，你果然记得！多比结扎前，有一次在公园散步，被一只黄狗狗缠上！我就真的站在多比前面保护她，怕她被欺负啊！”

“我觉得我现在乱冲有好很多了啊，跟刚开始和你们一起生活相比，我觉得我进步很多了。”多比自我感觉良好地发表着自己已经付出很多努力的论点。

“这样讲也是啦！那你为什么不敢坐机车呢？”

“有可怕的声音，而且感觉会掉下去！”

“我们会保护你，让你不会掉下去的！学会坐机车的话，还可以去你喜欢的山上、草原玩哦！”

“……我不要！”

“那我们给你好吃的肉肉，你愿意学坐机车吗？”

“那种时候哪有心情吃东西啊！”多比一副我们问了傻问题的样子，不屑地回答。

“也是……那种紧张时刻，多比连食物都不看一眼的……”

眼看照护人跟多比的谈判就要破裂，我想到多比很爱跟家中另一只红贵宾“毛笔”争宠，我想着试试看用毛笔激她会不会有用。

“你看毛笔都可以坐机车，去一个有很多美食的美食天堂哦！你不学会坐机车的话，就不能去美食天堂了，只有毛笔可以去哦！”我用像要滴出蜜的语气跟多比谈判，口气就像白雪公主她后母诱哄她吃毒苹果似的。

“好吧，我试试看。”

我原本以为还要缠斗一段时间，没想到多比立刻弃械投降，早知道她的死穴是毛笔，一开始就搬出毛笔多省事。

结果回去几天后，照护人回报：

隔天我们载多比去看医生治疗拉肚子，多比竟然会自己上车！她之前都不会的！

而且也愿意接受肉条的贿赂了，真是一大进步！

至于横冲直撞的问题，除了有逐渐改善以外，现在散步的时候，明显感觉到多比一直在注意我们，好像是要跟我们说“你看这样我有没有好一点”的感觉。

看到这封信，我开心到不行！

两个照护人在决定迎接多比成为新家人的那天，就付出了所有的耐心，希望让紧张胆小的多比尽量接受他们。

最让我感动的是，多比，也确实感受到这份爱与耐心，不断地调整自己的脚步响应。

双方都努力调整，成为更好的自己来迎接对方，建立这段新关系。

就像横冲直撞的散步，因为双方的配合逐渐出现协调的节奏。每次想到多比会时不时回头，注意照护人的步伐，用眼神询问：这样，有好一点吗？

只要想象这一幕就让我感到无比窝心。

刚从收容所领养狗回家，狗儿也许会较敏感不亲人，但请多给点时间与耐心培养感情，保证等他安心了、爱上了，也会像多比一样变成黏人精的。

story 06

我想跟那只虎斑猫决斗

这天来聊的猫阳阳是一只帅气的虎斑猫，拿铁咖啡的底色又带着巧克力色的斑纹，典型的漂亮虎斑。

不得不说，阳阳是只反应快、聪明机灵，又很会跟照护人“对呛”的猫，精彩对话节录如下：

养猫？让我打就可以。

照护人：再养只弟弟或妹妹陪阳阳好不好？

阳阳：可以让我打的就可以！

照护人：哪来的小孩这么暴力？

我：还是就养幼猫陪阳阳？

照护人：不行啦，会不会被阳阳打死啊……

我想跳到电风扇上面，为什么不行？！

照护人：你有什么不喜欢的事吗？

阳阳：我不喜欢跳到一个平台上面的一块地方的时候被赶下来！

（我试图画出图片让照护人了解）

照护人：因为那个地方是嵌在墙上的电风扇啊！（翻白眼）掉下来的话很危险耶！

玩大便找借口。

照护人：为什么总是要把大便挖出来玩？

阳阳：因为这样你才会来清。

照护人：你乱告状！我明明每天都有清！

照护人2号：还是他要跟你说还有一颗很久都没清到……

照护人：怎么可能，根本自己想玩找借口吧！

不要拆饮水机好吗？

照护人：可以好好地用现在的饮水机喝水吗？不要一直把滤心挖出来。

阳阳：不喜欢饮水机，很吵很可怕，就是要把它拆掉，声音才会变小。

我：阳阳说他喜欢用这个喝水。（顺手画出一个马克杯）

照护人：那是我们在用的杯子啊，我偶尔会用那个喂他喝水，好啦，回家弄几个马克杯给你喝水。（听说回家换马克杯后阳阳立马打破两个，所以最后还是没收！）

照护人：那可以不要玩水吗？

阳阳：那我要玩什么？

照护人：……（Leslie，我头好痛我讲不下去了。）

鸟很好玩！我要玩鸟！

阳阳：可以弄鸟给我玩吗？鸟会动来动去的很好玩！

照护人：这是什么可怕的愿望啊！你不把鸟分尸了才怪。

我：像是饥饿游戏想猎杀的感觉，阳阳啊，我劝你还是想点实际的愿望好了。

照护人：对啊，怎么可能买鸟给你，家里蚊子追一追就好了。

我：不然可以买电动激光笔看看。

照护人：这还可列入考虑。

结果还是变成人类商讨购买清单大会了。

摇摇盆抓腻了……

照护人：为什么要在裤子上磨爪爪？

阳阳：有什么问题吗？

照护人：可以抓摇摇盆啊。

阳阳：因为我抓腻了啊！（理直气壮）

照护人：……（Leslie，我不行了，我头真的好痛。）

聊到最后，照护人笑着说："好啦，那问问看阳阳还有没有什么愿望？"

欢乐的沟通时光到尾声时，大致上会走向"许愿池"路线，请动物们开清单，想吃什么，想玩什么，生活有没有想要增加或删减的，趁现在一次讲完。

满足动物的心愿好比神灯精灵，看到动物的心愿被满足，照护人也会很高兴。我想这是人类有被需要的本能，被动物填满了吧。

离题了，让我们回到阳阳。

阳阳想了一下，给我看了一个画面：一个窗户，外面有那种老式铁杆搭成的窗台。

阳阳说："这里晚上常常会经过一只虎斑猫，看起来很凶的样子，我好想出去跟他打一架分个胜负！"

照护人语带惊恐地说："怎么可能！我家住11楼耶！11楼怎么可能有猫经过啦，阳阳是看到了什么不该看到的东西吗？"

之后照护人又说："啊，我们家楼下是公园，常常会有流浪猫经过，也许他说的是流浪猫？啊哈哈哈，阳阳，公园流浪猫都很强啦，他们都是混街头的扛把子耶，你打不过啦，死了这条心吧。"

原本以为找到了答案，就此安心想往下沟通，但突然福至心灵，我想到了！

"阳阳是不是看到窗户上自己的倒影，以为是别的猫？"我语带兴奋地这么说。

瞬间，所有的答案都出来了！

"难怪他晚上会对着关起来的窗户看很久！

"难怪他有时候会对着窗户叫！"

试图跟阳阳沟通：你看到的猫咪其实就是自己。

阳阳却很生气地回我："才不是！那只猫很凶耶！他很讨厌！那只猫才不是我！"

唉，看来要跟阳阳解释什么是"镜中倒影"，还要再花一点时间呀。

动物因为体形大小、生活经验都跟我们完全不同，所以有时候动物给出的画面与他们对世界的理解都跟我们有很大的差别。

沟通师的职责就是把收到的信息忠实传递给照护人，但不可避免地，有时候解读是要靠照护人与沟通师一起共同猜测、推想。所以如果一开始就抱持着不信任沟通师的态度，沟通质量如何就可想而知了。

现场或照片

note 02

很多人都会问：动物沟通的时候，什么样的方式比较好？

一方面想要看动物沟通时，动物现场的反应。另一方面多少还是有些人，是不大能理解透过照片就能进行动物沟通，感觉还是要“扎扎实实”地面对面接触，才比较心安。

关于要用照片还是本尊，我通常都回答：

如果带照片进行，照片需要近3个月内拍摄，看得到双眼的为佳，直视镜头的更好！

亲临现场的动物以安稳平静为最高原则，如果你家的动物带出门会焦虑不安，如大部分的猫咪，或是吠叫问题严重，那么用照片沟通的质量“绝对”会胜过与本尊面对面哦。

不夸张，有一次照护人带了猫咪本尊来现场聊天，但猫咪出门已经非常不爽了，到了人声鼎沸鸡飞狗跳的动物咖啡厅，不用动物沟通，我从他的表情都能看出这只猫现在非常不爽。

我还是硬着头皮进行我的工作。

但这只猫却一直跳针：这里是哪里？为什么要带我到这里？我要回家！带我回家！

不管我怎么循循善诱，猫咪反反复复就是这几个句子的排列组合。后来实在没办法，我只好原机遣返。

我想那时候那只猫咪的心情，大概就像妈妈带你到很脏很臭很受不了的公厕，你受够压迫很想离开这里，妈妈却要你跟个陌生人敞开心房谈心一样吧。

当然只有彻底破局的份儿。

也有过带过high的狗来到宠物咖啡厅。狗狗一到现场，一样，不用动物沟通也能感受到他满场乱飞、充满了这样的想法：

这里是哪里？我要去这里！噢！那边有猫我要去了解一下！不行，这边还有只小狗我要先闻闻！天哪！那是食物嘛！我要去闻一下食物！咦！母狗的味道从哪里飘来的？

我通常都会请照护人让狗四处乱跑一阵。我都说：让他去吧，他肉身在这儿，魂魄不在这儿，硬锁着他在我身边也没用。

等狗自己绕个15分钟，冷静下来，才能好好联机沟通。（不然我说什么他都当耳边风，出门像忘记带耳朵。）

有趣的是，亲临现场的动物沟通，动物一定先由躁动逐渐趋向平静，接下来可能或坐或趴。到了动物沟通的后半段，动物通常已呈现疲惫状况，呈现电池快用光、快沉沉睡去的样子。

我猜想，也许动物沟通，耗费的是精神力吧。只是我是很大的人类，受到的影响不大，但小动物们，应该感受得到差别吧。

有时候现场动物吠叫问题严重，我也曾尝试用动物沟通解决。但我得老实说，效果不彰。我想应该就和小孩到了餐厅哭喊不休，就算妈妈骂破喉咙，也不一定有效是同样的道理吧。

动物跟人一样，情绪上来的时候，耳朵是关起来的。这是真理。

与毛小孩谈判，也要交换条件

story 07

教小孩有一招叫作“转移注意力”，大抵就是小孩如果为了某件事哭闹，你拿别的东西给他，转移注意力，哭闹也就停止了。

人也是，失恋再痛苦，发掘新的兴趣，减肥、上瑜伽课、揪好姐妹去逛街，或是更简单的，找个新的伴，立刻又是一尾活龙。

我常觉得跟动物“谈判”的时候也是如此，把动物当5岁小孩，跟他沟通不准他这个不准他那个，他们常常第一句回我：“为什么？可是我很喜欢○○○呀！”或是“那我不○○○要干吗？”

可是拿别的“交换条件”出来，就可能让谈判出现转机。

啵啵，就是经典案例。

交换条件一：

给我红色的肉肉，就不吃塑料袋

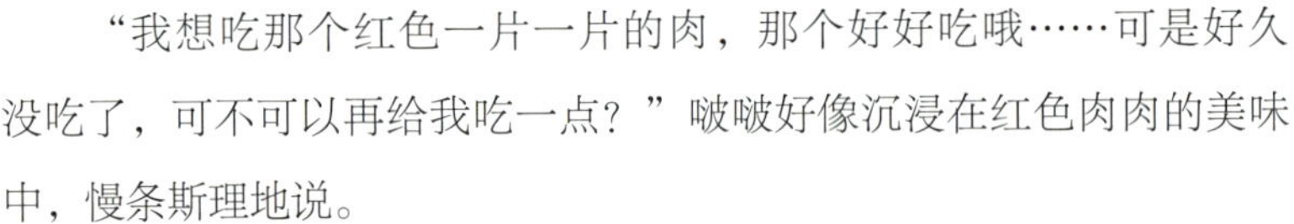

“我想吃那个红色一片一片的肉，那个好好吃哦……可是好久没吃了，可不可以再给我吃一点？”啵啵好像沉浸在红色肉肉的美味中，慢条斯理地说。

“我没有给他吃过红色的肉啊？他是不是自己做梦梦到的啊？”照护人一头雾水。

“大概形状是这样的，有点像香肠的切面，啵啵说你都是用手拿给他吃的。”我拿出纸笔画给照护人看。

“啊，我知道那个啦！不过那个是深褐色不是红色！害我想不到！”照护人好像终于猜对考题答案那样喜滋滋。

“那是我喂啵啵吃的零食，是第一次带他去医院检查时顺便买的，印象中好像三条一百，我会剥成小块给他。只是后来觉得三条一下子就吃完了真是有点贵，所以就换成别的零食。”

“哎，说到爱吃东西，可不可以帮我叫啵啵不要再吃塑料袋了？”照护人打蛇随棍上，继续发问。

“他说他很少吃，通常都是咬而已。”我顺便演出啵啵吃塑料袋的样子。

“没错，他通常是咬塑料，但如果遇到长条形的就会咬一咬要吃进去，而且他明明就有吃进去过！”

“哦，那我应该也是不小心的吧！”啵啵一副理所当然。

“而且这个东西也没很好吃，干吗要吃，只是觉得香香的我才去咬。”啵啵继续大无畏地响应。

“哪有，你明明就有吃吸管套。”照护人不甘示弱，立刻反驳。

“哦！吸管套真的很美味……”啵啵好像在回想美味的吸管套，有点心不在焉。

“你这样我真的很困扰，你有时候还会自己把免洗筷抽出来然后咀嚼筷子套，导致我压力很大都睡不好，一直起来看，所以隔天早上也常常精神不济……”

“那我不嚼这个也不知道要干吗啊！我觉得嚼这个打发时间蛮好玩的。”

“可是你吃那个会死掉！死掉哦！”

“为什么？”

“因为没办法消化。”

“什么是消化？”啵啵歪着头，一副照护人说了外星语的样子。

看不下去照护人和啵啵之间好像没有尽头的谈判，我决定插手。

“反正就是，你吃了塑料袋，塑料袋就会塞在肚子里，肚子就会胀得满满的，然后就再也吃不了红色的肉肉哦。”

“……吃不了红色的肉肉吗……”啵啵讲话速度变慢了，好像在思考。

“对啊，你只要吃塑料袋，就再也不能吃红色肉肉了哦。”看啵啵好像动摇了，我再接再厉加把劲。

“那每天晚上妈妈回家，就要喂我吃那个红色的肉，这样我就不吃塑料袋。”啵啵经过好一番思考，破釜沉舟痛下决心说道。

没想到照护人立刻喷骂：“你也太贪心了吧！每天哎！不行！”

“一小块就好，因为我不吃塑料袋就是为了吃红色的肉。”啵啵说话的语气像是最后妥协，没有退路。

“好吧，只要你不吃塑料袋，那就每天一小块红色的肉肉。”眼看啵啵退一步了，照护人也释出善意妥协。

“好，成交！”我开心地决定往下个话题迈进。

交换条件二：

多给我吃一餐，早上就不乱叫

“还有一点让我很气，就是你早上都会很早起来一直喵喵叫，这样真的很吵人睡觉。”现场变成抱怨大会。

“可是我很饿啊！”啵啵理直气壮。

“可是你吃饭时间还没到，不能吃。”照护人死守防线。

“可是我很饿。”看来啵啵开始跳针了。

“可不可以吃三餐？一天吃两餐的话，常常在快天黑的时候就好饿……”啵啵自己提出交换条件。

“好，这个可以！”照护人立刻爽快答应。

“然后常常睡醒的时候也好饿，可是你都没醒，很烦。我真的好饿，可以给我吃东西吗？”几乎是哀求的语气了，这个啵啵是戏精转世吗？

“好啦，我回去会想办法啦，到底是多久没给你吃饭啦！”看来抱怨大会最后转为温馨气氛。

结果回去后，照护人实验性地放饮料的塑料袋在啵啵面前，他真的一口都没碰。

“那早上爱鬼叫呢？”我好奇追问。

“哈哈哈，我把原本两餐的量，改成睡前多喂他一餐加很多水的。这样既可以控制体重不会变胖，他又在睡前吃到了肉肉。”照护人一副无良奸商的得意样。

“有用吗？”我迫不及待追问。

“我现在每天都睡得好安稳哦，哈哈哈哈！他偶尔真的饿了还是会叫，但次数跟原先相比，真的减少了很多呀！”（撒花瓣转圈）

有时候Q比偷人类的食物或是咬不该咬的东西吃，为了怕我跟她抢，她反而会硬吞，所以我也是拿别的东西或食物跟她交换，交换条件真的很有用啊。另外，这种要狗吐出嘴里食物的紧急时刻，动物沟通是一点用处都没有的。（笑）

话说做动物沟通也算是做翻译的一种，翻译不只需要忠实传递双方心声，更要求信达雅。（是不是很难做来着？）

有时候动物讲出的话真的蛮难听的（无误），我都不好意思直说，毕竟我与照护人也才第一次见面，讲话这么难听，人家生气拒绝付费、网上抹黑我怎么办？

例如有一次主人问我："那〇〇爱不爱我？"（眼冒爱心）

猫回答我："哦，她就是个没有了会很麻烦、负责喂我吃饭的人啊。"

你说说，这种话你要怎么讲给对面那位充满期待、眼冒爱心的少女听？

然后我就修饰一下：

"嗯……他觉得你是很重要的人，生活中如果缺少你很麻烦，可以说是个不可或缺的对象。"（请来宾给我掌声鼓励鼓励！）

没想到当场遭主人打枪："Leslie，我太懂我的猫了，他不是会说这种话的咖，你讲实话，没关系，我顶得住！"

照实传达后，主人竟然笑逐颜开："对嘛，他说这种话我一点都不意外。"（笑如春花）

猫奴们，我猜不透你们啊！（抱头）

还有一次，是对夫妻带着狗（依稀记得是柯基）问我："狗狗最爱谁？"

没想到狗老大回我："看谁比较常给我食物，我就比较喜欢谁啊！"

这个答案，那时在下脸皮薄，实在不敢说给对座两位眉慈目善的照护人听，只好委婉说道："两个都一样喜欢哦，但是，如果谁给他多一点的食物，他就比较黏谁哦！"（笑）

唉，想到就头痛。

动物说话，真的没有走委婉客气这套的，但也就是真性情这点，没有迂回曲折，让我更沉浸在这份"口译"工作呀。（手比爱心）

那么，大家想要原汁原味，还是希望我……那个，稍微润饰一下原文？

动物口译工作还有一点比较难做：口译是语言对语言的单纯沟通，但动物常常是丢画面给我，我再描述画面给照护人听，不过描述画面的过程，常常会有误差（毕竟又不是传真机）。所以我经常会准备画本跟纸，随时用我（拙劣的）绘画能力，尽量完善沟通质量。

妈！拜托让我养猫啦！

“我跟你说，我有两只猫朋友！”

一连上线，黄金猎犬“妹妹”就迫不及待地跟我炫耀她的“猫朋友们”。

孰料妈妈听得一头雾水。

“妹妹啊，你哪来的猫朋友？家里从没养过猫呀！”

“一只黄色的，还有一只黑白色的猫，这两个我都很喜欢。”妹妹立刻将猫咪的画面传给我，好像这两只猫早就存在她的大脑数据库很久，想都不用想！

“黑白猫是之前邻居的猫，叫作亮亮，是唯一肯理妹妹的猫。但是黄色的猫……勉强想来是之前住在山上时，有只流浪猫常常到后院

铁架上睡觉，要不然就是偷翻垃圾，这样也算你朋友哦？”

照护人带着爱溺好气又好笑的语气说，手温柔抚揉着妹妹金黄色的毛发。

“说到这个，我知道妹妹真的很喜欢猫，因为她之前差点捡一只小猫回家……”

捡一只猫？这个太有趣了，不等照护人细说，我直接问妹妹：“听说你要捡一只猫回家啊？”

“我哪有捡猫回家啊！我只是‘发现那只小猫’，是一只黑白花的小猫。我很喜欢他哦，几乎每天都会去看他……”

我用手比出猫的大小，还有形容颜色，都与“差点捡回来”的那只小猫无误。

照护人又气又笑地说：“你明明就是很想捡那只小猫回家！那时候连大台风天也要拉着我们去看猫，要不是你爸不准，你早就带回家了！

“而且台风过后，妹妹马上吵着出门要去找小猫，却再也找不到小猫。妹妹不死心，每天去，结果我们在当初发现小猫的地方看到铁丝网上挂着一个A4大小的瓦楞纸牌。”

上面写着：“亲爱的大家，我是小喵喵，谢谢大家之前的照顾，我没有淋到雨，我已经找到新家了，请大家不用担心我，谢谢！”

那时，妹妹的爸爸看着纸板说：“这应该是写给我们家妹妹看的吧！”（笑）

“可是我真的好想要一只猫哦，家里可以来一只吗？拜托！”

“哎，这个你自己跟你爸讲，我不能做主哦。”

没想到话一落，妹妹现场“立刻”转头，用无比渴望的眼神望着她爸爸，可惜还是遭到爸爸无情的打击。

现场的状况，就像央着爸妈要养宠物的小孩一样，说白了，根本就是“宠物想养宠物”的可爱情景。

爱猫爱到不行的妹妹，沟通中途还主动给我“中断”，吵着自己已经讲很多了，想要找店里的猫玩！等玩够了才肯回来继续沟通聊天，完全就是个沉醉于“猫咪温柔乡”的小朋友。

回去跟朋友分享这个“想养猫的狗”的故事，没想到朋友笑说：“想养猫的狗也太荒唐了吧！好啊！那就跟妹妹说可以啊，以后猫砂你清、罐头你买，一切比照对人类小孩谈判一样办理。”

但我想，妹妹那么想养猫，一定会胡乱答应一通，最后还是丢给她妈妈照顾吧。（笑）

许多人讶异狗跟猫可以和平相处，其实沟通过许多狗与猫一起生活的案例，相亲相爱的不多，但大部分都能做到形同陌路各过各的。如果已经养狗，还想再增添一位猫成员，建议挑选幼猫比较容易建立感情哦！

长毛猫，都觉得自己好美

有一句话说：“世界用你要的方式来对待你”，大抵意思就是你用什么方式对周遭的人，周遭的人就会怎么回应你。

最简单的比喻就是，你总是笑脸迎人，对于身边人、事、物都亲煦如冬阳，自然你也会感受到身边的人也如此对待你。

世界用你对待它的方式对待你。我很喜欢的女歌手陈绮贞，曾在演唱会谢幕后，从小巨蛋穹顶上，漫天撒下一片片纸做的小叶子，上面用手写字体印着：当我拥抱世界，世界就开始拥抱我。

你知道吗，其实人看自己的角度，常常也都取决于身边的人怎么对待你。

从小到大大家都说你是美女，你自然也会觉得自己蛮不差的。（早餐店老板娘说的不算）

从小到大身边的人都说你很丑，当然自我感觉也不会良好到哪里去。

虽然大家都说不要在乎他人的目光，但是不可否认的，我们都会依随着别人的眼光而摇摆，甚至定义自身价值。

动物也是一样的。

我聊过这么多猫，样本数也该够了，我发现长毛猫几乎都挺自恋

的。（笑）

不管是金吉拉波斯还是米克斯，只要是长毛猫，都常跟我说：“我觉得自己蛮美的。”或是“你看我的尾巴是不是很美！”（甩）

曾有一只白色波斯柚子，请我问照护人说：“有没有什么食物吃了会让我的毛更美更亮？”

随即他又爆出家里另一只波斯猫熊熊被剃毛的惨案。

柚子：“我们家另一只跟我一样的长毛猫咪，之前被剃毛了，他那阵子真的好惨，惨到我连取笑他都不忍心。”

照护人：“那时的确常看他想接近熊熊，轻轻地靠近想舔舔，但熊熊立刻就跳开了，现在想来那应该是没脸见人的感觉……”

柚子：“请你帮我转告妈妈，我希望在我有生之年这种惨案都不要发生在我身上！”

照护人语气带宠溺地说：“好啦！我知道你有多爱毛如命啦！你每天都要照着镜子舔自己的毛，不剃不剃，万一剃了你心情差到不吃不喝，最后麻烦的不还是我。”

还曾与另一只金吉拉蕾蕾聊天，我边抚摸着她边说：“蕾蕾你好……美。”

没想到蕾蕾回我一句：“那还用说！”（语毕顺带把蓬蓬的尾巴像狐狸一样高高往上翘起）

然后不断甩她的尾巴给我看，说她的尾巴是多么蓬松美丽，让我跟主人现场汗颜。

但照护人随即说：“我一点都不意外她会这么说，因为从她小时

候开始，我跟我老公，还有来家里的客人，都天天说她好漂亮……”（擦白花油按太阳穴）

而我碰到过的最最最最漂亮的波斯猫，就是有着金银双瞳的肥雪。

他与我对到眼，第一句话就是：“我很美！我觉得我好美！！我的尾巴好美！！！”

我问他：“生活上有什么想要改进的地方吗？”

他立刻回答：“想要多用那个尖尖很多针的梳子梳毛！”

但问起跟家人的相处，肥雪却很贴心。

他很喜欢姐姐，但是最喜欢妈妈，还会主动担心妈妈健康，说：“叫妈妈不要一直看电视，我觉得一直坐在那儿看太多电视不好。”

后来听说肥雪也15岁了，想自恋也由着他吧！只要长辈开心就好了啊，是不是？

常常夸自家的狗或猫漂亮，久了你会发现他们真的有自信许多，眼神也充满亮光。许多照护人带从收容所领养出来的狗跟我沟通，现在的状态与刚出来时的照片相比，不讲毛色状况，单讲眼神，有人宠爱、夸奖，那个气势……啧啧啧，不一样的！

story 10

计划！绑架兔子！

有时候我也会碰到有些动物表达心声，想要有其他动物陪伴生活。

这是个很特别的想法，但细想之下也不会奇怪。

因为，动物还是会有想要与动物一起生活的本能吧。

试想如果我们从小被猫咪或是狗狗抚育长大，即使知道猫咪爸爸或狗妈妈很爱我们，但终究，我们还是会渴望与同类相处的吧？

听起来很奇怪，这样说好了，和家中的狗狗腻在一起很快乐，但难道这能取代加班后和同事去居酒屋怒骂老板的爽感吗？

和猫咪一起在床上打滚很愉快，但难道这能取代和姐妹淘一起喝着下午茶讨论某人又死性不改贪恋美色交了花心男友的八卦快乐吗？

和同类相处的快乐，永远是跨物种的爹娘无法比拟的啊。（但我知道也有另一些动物是因为从小就只跟人类生活，变得动物社交性很差，遇到别的猫狗就大发雷霆的，此种情况不在讨论范围内。）

黄金猎犬乐乐，曾瞒着照护人想要偷养兔子，只可惜在“绑架兔子”时就被发现，被迫放弃“养兔大计”。

“住我隔壁的室友养了一只灰色的兔子叫芝麻，乐乐第一次看到芝麻的时候，整只狗high翻了！”照护人眉开眼笑的神情，再加上因为开心调大的音量，让我立刻感受到乐乐对芝麻的热爱。

“因为我跟我室友感情还不错，所以我还蛮常带着乐乐去她房间串门子的。

“但有一次我们两个坐在床上聊天，突然发现芝麻的笼子正缓缓地朝门口移动！”

不等照护人把故事讲完，我急着想听“乐乐版本”，所以直接问乐乐接下来的剧情。

没想到乐乐很无奈地说：“我是很想把兔子推到我自己的房间啊，可是推到一半就推不动了！”

听完后大家一阵大笑，乐乐的照护人笑说：“因为后来卡到书桌了啊！她推到一半就卡住了，根本无法前进。

“我跟室友就这样在床上看着乐乐无所适从，进也不是退也不是，很想把兔子绑架回房间但笼子又推不动，再加上笼子里面无奈的兔子，整个画面超好笑。”

好喜欢芝麻的乐乐，每天都好期待看到芝麻，聊天时我问乐乐：“那你最近有跟芝麻玩吗？”

乐乐立刻很兴奋地回我：“有！昨天才跟她玩！我只能远远地看着她，但是这样就好开心了！”

照护人笑说因为怕乐乐体形太大误伤芝麻，所以也不是很放心让她们玩在一起。

“哈哈哈哈，没想到远远地看着，就被乐乐定义为跟芝麻一起玩。不过乐乐现在有新工作哦！就是‘牧兔犬’！

“因为芝麻常常放出来后就爱东躲西钻，躲到床底去以后，大家都拿她没辙。这时候就要派乐乐出马了！”

当芝麻躲在床底时，乐乐就会负责守在床底另一边，让芝麻不敢往那边去，再搭配乐乐浊重的呼吸声和时不时往床底伸的狗爪，保准芝麻很快就从床底钻出来，逃命也！

最后，我问乐乐最近还会“绑架”芝麻回房间吗？没想到乐乐很无奈地说：“我很想啊……但笼子根本就推不了，推不动了！”

芝麻妈妈笑说：“自从上次绑架事件后，芝麻的笼子一律靠墙放，毕竟知道隔壁整天有只大野狼想绑架家里的小孩，当然要做点‘防护措施’啊！”（笑）

乐乐除了自己想养小动物以外，还具备小孩的另一个特质——爱争宠。

那时照护人拿出她爸爸的照片给我看，想问乐乐对爸爸的想法。

没想到乐乐立刻响应：“爱他！我最爱他了！全世界我最爱的是爸爸，全世界爸爸最爱的是我！”

没想到这让身为家中老幺的照护人，听起来十分之不爽。（笑）

“我其实拿出照片前就有想过乐乐会给我来这段宣言，可是我真的没想到她真的这样想啊！”

照护人笑说，家里有三个小孩，她排行老幺，是大家疼爱的小妹妹。乐乐总是以一脸不在乎的态度面对她，但只要看到老爸便眼睛发亮，尾巴也像是使用金顶电池那样大幅度摇个不停，完全不会累。

“明明在家中我才是唯一的女孩，因此老爸在家中一向较疼爱我。但我每次看到乐乐那么爱我老爸，所以我常常半开玩笑半吃醋地

告诉乐乐：‘乐乐，你不是爸爸的亲生女儿，你是外面捡回来的小孩，是领养的小孩哦！爸爸最爱姐姐，接下来才是爱你。’

“只是没想到我那么多年来在乐乐耳边煞费苦心地灌迷汤，乐乐刚刚竟然还说全世界爸最爱的是她不是我，这不是在跟我宣战吗？！”（大笑）

看到照护人和乐乐这样比拼较劲争宠，那一刻的我，真不知道谁比较孩子气。（笑）

大部分大狗都会对其他小动物如猫咪、兔子，展现浓厚的兴趣，虽然无恶意，但是怕体形过大的先天优势，在互动的过程中仍会不小心让小动物受伤，所以一般我还是不建议让大狗跟过小的动物生活在一起。

动物沟通师原本就是信任度很差的职业，大部分人都以神棍、灵媒视之。很多人听到“动物沟通”四个字，就很想手起刀落，鞭数十，驱之别院这样。

也曾听过有人说：觉得动物沟通应该像很多算命的一样，只是根据对方说话的神情来判断自己接下来该讲什么话。

这其实真的很危险，因为人容易想讨好别人以及想取得别人的信任，所以在对话过程中见风使舵，真的是很有可能发生的事情。

但最近我碰到过的案例让我觉得：好险！幸好坚持听到的声音，没跟着随风起舞！（拍胸口）（再喝两杯姜汤压惊）

案例A

照护人：Leslie，帮我问我家猫对家人的想法。（把全家福的手机画面递给我）

我：右边这个很喜欢，但有时候太黏我了，很烦。（妹妹）

中间这个女的不错，常弄东西给我吃。（妈妈）

这个男的……嗯，没有特别感觉。（此时没有特别的互动情绪和画面传给我）

照护人：怎么可能？！我爸爸超疼她的耶，她还会跟我爸翻肚撒娇……真的没感觉吗?

我：（再认真看照片一次）嗯……真的没有特别感觉，怎么会这

样？（囧）

照护人：（探头过来看照片）啊哈哈哈哈，这个是我弟弟啦！抱歉，对，他们两个的确都没有什么互动。

我：（大松一口气）

补充：弟弟（还是哥哥？）长得挺成熟的，所以当下我真的也没发现不是爸爸。（显示为眼拙）

案例B

A猫：我是这个家里先来的，后来才来另一只猫B。

照护人：啊？不是哦，是先有B，之后才养你的。

我再问A猫：哎，你搞错了吧，你爸妈都说是先养B猫才养你的，你不要给我乱讲话！

A猫：真的啦，这个家明明就是我先来才有B的。

我：啊……他真的强调是他先来才有B的。

照护人女友：啊！当初为了迎接A猫，想说先隔离他们一下，所以我们送B猫去朋友家住了，等A猫稳妥了才把B猫接回来。他应该是这样误会的吧！

我：原来谜底是这样啊。

我也曾经碰到过刻意要试探我的照护人，一对男女来找我，跟我说猫咪乱尿尿，不知道是什么原因。

沟通后猫咪说：家里有新来的人，我不喜欢。

我讲了后男生看着我说：新来的人，是我吧？是我吗？

我与猫咪确认后说：嗯，坦白说猫咪真的不算喜欢你，但那个人好像不是你。

然后女生就拿出手机秀婴儿照片说：应该是我女儿吧？

问了猫咪后，Bingo！因为家里有新生儿，猫咪感觉被冷落了，所以喷尿抗议。

如果我当时顺着那男生的话说：对啊，应该是你哦，你们刚交往吗？我不就现场砸招牌了。

做动物沟通，最重要的一点就是真诚，还有不要为了想迎合别人而跟着见风使舵随风起舞，要忠实传递动物的心声。

想一想其实人生也是这样，不管别人说什么，倾听自己内在的声音才是最重要的哦。

摄影师蜷川实花也说过：只要那是你要去的道路，即使所有人都跟你不同方向，你也要坚持下去，因为那是你的路。

所以坚持自己的声音，真的是很重要的事情哦。（怎么结尾变成心灵鸡汤？）

有的时候，遇到动物说的状况与现实不尽然符合的时候，还是需要照护人与我一起了解动物的想法。做动物沟通有时候很像婚姻咨询，我只是负责帮助夫妻之间沟通的人，如果一方有什么误会，还是需要另一方的帮忙，才能一同解开误会，或是了解对方为什么会这样想。

story 11

拜拜啰！当沙发客的日子

毛小孩争宠的问题真的让人很头大。

我是说，这不是什么看医生或是嚷嚷着“你们不要吵架”就能解决的事情。

毛小孩争宠，轻则像是有些照护人跟我抱怨“原本养的猫／狗，个性变得很孤僻，不太会像以前那样主动找我玩／撒娇了”。

重则出现问题行为，乱大便、尿尿、攻击人、吠叫，或是不断攻击另一只动物引发流血冲突，搞得全家不得安宁。

但咪呀的状况，完全不是以上所述那么回事。

“原本家中七个孩子都能相处在一个屋檐下，但是当去年圣诞节前，我骑车从天桥上捞了当时才2个月大的麋小鹿来到家中后，好动爱撒娇的他造成了家里大孩子们的压力与困扰……

“后来我跟姐姐努力调整，最后分成台北、台中两地，一边四只一边四只地照顾着，但咪呀出现一个问题：他不进房间睡觉！

“这小孩不回房间睡，反而在客厅、浴室疯狂地呼喊着，直到我离开房间和他一起待在客厅的沙发上睡觉，但是只要我偷偷回房间睡觉被发现，就又是下一场次的呼喊。”

照护人带着重重的两轮黑眼圈，气若游丝地跟我描述着状况，看起来真的好可怜好可怜。

我：“那不要理他鬼叫呢？就让他哭倒长城呀！”我一向对毛小孩是实施铁血教育政策的，因为我相信唯有快乐的妈妈才有快乐的小孩。

照护人：“如果不理会，他就会四处乱尿。这样硬碰硬一周后，

我现在只好到客厅和他一起当沙发客，过着肩颈酸痛的日子……”

哎呀，看来真的很棘手啊，我问咪呀：“为什么不肯回房间和妈妈一起睡呢？”

“因为大家都在妈妈房间的床上一起跟她睡！但妈妈是我的！我的！我才不要跟其他猫咪分享妈妈。”咪呀带点骄纵的语气回复我。

“天哪，我原本以为他是怕被另一只猫多多打，才不敢进房间。我还一直叮嘱多多不可以欺负咪呀。那帮我跟他说进来房间睡好吗？我最疼他、爱他，进来跟我一起睡好不好？”

咪呀：“我不要，我希望家里只有我跟你，看到其他猫都跟你一起睡床上，我不开心！只有把你叫到客厅来，沙发上只躺我们两个，我才不用跟别的猫咪分享你！”

此时我内心独白：天哪……这是什么独占情人的宣言？

“好好好，我知道你最爱我了，但是我跟你睡沙发，我的身体好痛、好不舒服哦，你这么爱我，一定也不忍心看我这么不舒服对不对？”照护人尝试用“爱”来做谈判条件。

“……”咪呀沉默着。

“好吧，我不知道你会那么不舒服。那我希望床上可以放一个软垫，只有我可以躺的软垫，别的猫都不准躺哦，那是我的位置，这样其他猫才会知道我是独一无二的、妈咪最爱的。”体谅妈妈不舒服，咪呀终于愿意妥协。

“要软垫吗？好好好，我去帮你准备！那这样你就可以回房间和大家一起睡了吗？”

“我会努力试试看。”咪呀给了承诺。

过一阵子，照护人就兴奋地回报：“Leslie！咪呀和我，现在都睡在房间了哦！”

信中写着：

“第一天回家后，咪呀突然踏进房间活动，真的让我吓了一大跳。之后当睡觉时间又到了的时候，其实可以感觉到他心中的矛盾，于是我重复了那时你转述的话：‘我知道你想要家里只有妈咪跟你，但是多多跟花花也是家人，我承诺过要照顾他们一辈子，所以我不能不管他们，房间很大啊，你选好的位置我一定会留着给你睡。’

“神奇的是，这时咪呀的声音就变了，应该是说他知道了，愿意接受了的意思吧。

“之后的每天，我都会在睡前单独陪他20～30分钟不等，咪呀不稳定的情绪慢慢地也改善了许多，会自己找多多还有花花玩耍，慢慢地回到一种平衡。而且现在还会催促我去睡觉，抱他去房间后，自己就会在位置上理毛选角度睡觉，偶有几次会任性地在客厅鬼叫，但是只要我陪他一下，再带他回房间，他就也乖乖地睡觉了，现在每天都睡到翻掉。”

看着信上的字，都能感染到照护人神采飞扬的心情。（当然！一觉好眠解百忧呀！）但我得说，可以告别黑眼圈跟腰酸背痛，都是得益于咪呀愿意体谅妈妈、深爱妈妈的心情呀！（手比爱心）

Chat chat time!

动物争宠打架的时候，我建议冷处理，尽量隔离他们。千万不要在一只动物面前责备另一只动物。因为这样除了会让没被骂的动物有优越感，觉得自己比另一只位阶更高（例如：哈哈！你看！妈妈骂你不骂我），也会让被骂的动物对另一只动物更心生怨恨（就是你害我被妈妈骂的），嫌隙更加深。

灵魂有性别吗？

曾经做完动物沟通后，有个女生问我：“我想知道他的灵魂是男生还是女生？”

我那时没多想，先回答：“很难说男或女，硬要说的话，因为体贴、愿意理解人且会撒娇，应该偏女性多一点。”

和这么多动物沟通以来，我其实很少感觉到灵魂的性别，性格可以通过说话的节奏、气质展现，但我必须坦白说：“我感觉灵魂没有性别。”

按这个逻辑下来，我们的身体只是不同的容器，用来承载灵魂。

当我们离开这个世界，摆脱肉身的束缚，我不是人，也不是女，我只是意识体。

当动物的灵魂离开他的身体，他不是原来的狗，也不是公或母，只是意识体。他们等待下一个身体承载灵魂，然后开启下一段旅程。

照这么说来，我们在这个世界寻找的不是男或女，只是彼此灵魂契合的另一半。

还没找到的，对方一定在某个角落等你，你现在所有的历练都是为了磨炼自己，成为更好的灵魂去遇见对方。

已经找到的，互相珍惜彼此带来的激荡，知道在人生的路上有人无论如何都挺你，与你一起成长，那真的是一件很美的事情。

我一直都觉得用性别来区分爱情是很傻气的事情，爱就是爱，不分男女。我觉得上天对我们唯一的要求就是学会善与爱，因为其他的规范都是多余的。

很多人在感情里有个坏习惯，很糟糕的坏习惯，就是会不断去挑战对方的底线，想证明对方有多爱自己。

有些女生喜欢撒娇地说男友："我觉得你都不爱我了！"（哭音）通常这时候男朋友就会配合演出，用窦娥六月飞雪的语气说："冤枉啊！我明明就@＃E@＄%（以下略三千字）。"女生因为小胡闹还能获得安抚，得到"他真的爱我"的证明而快乐，如此周而复始。

但是后来想想，这很危险。因为这其实是在"下暗示"。

每天每天，周而复始地扣"你都不爱我了"的大帽子给男友，不断地暗示，也许有天吵架吵累了，男友会开始认真思考：也许我真的不爱她了？

嘿，你知道吗？与其说"你都不爱我了"讨拍，我建议不如改问"你最爱我了对不对"。

虽然只是改变了说法，但是这让否定句变成肯定问句，其实是天差地别的思考转变。

我自己亲身实践后，发现我胡闹乱发小脾气的次数逐渐减少。

我想这是因为我将自我否定的部分切割了。

从"我不值得被爱"的根本思考，转向为"我值得你最多的爱"。心态调整为自重自爱，自然能获得更多的爱。

于是我开始想：动物呢？动物会不会去做荒唐的事情，想以此证明对方有多爱自己？

小狗会不会去挑衅狗妈妈的底线证明妈妈爱不爱自己？

答案是不会的。

想爱就爱，不理就不理，这就是动物们。

Q比表达她爱我，会跳起来、转圈圈、摇尾巴、舔我的脸，Q比恨不得用尽所有的肢体语言告诉我："我是真的真的真的爱你。"

照顾毛孩子的喜悦就在这里，回家，就有爱，就有温暖，何其幸运。

而人类有语言，我们彼此用语言沟通，但我们却失去了表达爱的方式。

我们因为没有安全感所以害怕付出，取而代之的是诞生很多畸形的方式去获取爱，获取注意力，获取关注。

可是你知道吗？想怎么收获就先怎么栽种。

想要爱，就要先付出爱。

我想我们都该向毛孩子学习坦率地表达爱，也许就先从每天练习对毛孩子说爱开始吧！

对人说爱，就像是送一份礼物给对方，因为知道有人爱自己永远是件好事。谁不喜欢被爱呢？

嘿！Q比，我是真的真的真的爱你。

在感情的世界里，当个坦率的人永远比当个别扭的孩子来得讨喜。安抚一次玩猜猜心是情趣，但当次数到达上百次，是佛都火。一起练习说爱、当个坦率表达情绪的好情人吧！

story 12

唱作俱佳的沟通师

我通常会尽可能地、唱作俱佳地忠实传递动物给我的话语还有语气，所以很多照护人回馈的沟通记录心得都会不约而同地提到：Leslie当时看起来真的跟家中的毛小孩的动作或神态一模一样。

遇到同一只动物，情绪贯彻始终倒还好。比较特别的是遇到极high和极冷两种性格的动物放在一起沟通，我的说话态度一下淡漠、一下欢乐，简直就是用肉身上演“冰与火之歌”呀！

例如热闹的博美犬Bubble和淡漠的猫咪Mipa就是很好的例子。

那天，我先跟超可爱的博美Bubble聊天。Bubble像大多的小型犬一样，个性热情活泼，讲话速度偏快，叽里呱啦的很热情，乐意分享他的生活。

他最大的问题就是，嗯，几乎公狗都有的抬腿尿尿问题。

照护人说她简直擦尿擦到要崩溃，想问Bubble到底知不知道厕所是哪个。

我一问Bubble，涌进超多画面，连我都不知道哪个才是他正确的、法定合格的厕所。

我委婉地跟照护人说：“你们家Bubble好像不知道厕所是哪个，他很骄傲地跟我说他有很多很多厕所……”

照护人超崩溃，说：“我不意外他有这个答案，可是我没想到他真的这么想……”（显示为捏碎玻璃杯）

后来我尽力地跟Bubble沟通，他才说：“好啦！我知道尿布盘那边是我的厕所，只是我还有很多其他厕所啊！”（不！亲爱的你并没有！）

“如果妈妈想要我在那边上，那我就尽量在那边上好了。但是要给我很多很多肉干吃哦！”

照护人立刻答应。

晚上我就收到照护人的来信：“一回家Bubble就立刻去尿布盘表演尿尿。”虽然我很高兴Bubble是个愿意妥协的好孩子，但也衷心祈祷他不要明天就把说过的话忘记就好。

在沟通过程中，我传达Bubble的语气一直维持欢愉、跳跃且字句表达有点快速，有点像愉悦湍急的小溪跳跃着水花。

接下来，是冷静的猫咪Mipa。

我很专注地翻译，但照护人说，我的语气很明显开始变冷淡。

有点淡漠、带点无所谓，都可以，都好，没什么喜好，几乎像个入定老僧。

问他想吃什么，讨厌吃什么？完全没反应。

想要什么零食？见鬼地也没给答案。

我只看到一个三角形的、浅褐黄色的饼干。

形容给照护人后，她说：“那是皇家的饲料啦！Leslie，你没连错，因为Mipa就是个除了饲料其他都不大爱吃的孩子啊。”

接下来问Mipa家中是什么样子，他给的还算准，只是沙发跟电视的位置需要换一下。

确认联机以后，我开始问很多问题。

问他可不可以不要跳神明桌啊！不要咬人那么用力啊！Mipa都冷

冷淡淡地回：

“我就很喜欢啊！在那边才是全家最高的地方，可以看大家在干吗。

“我就很喜欢你才咬你啊！好啦，我下次轻一点。”

（题外话，听说有一次家族大拜拜，场面浩大，Mipa躲在神明桌上方的天花板夹层，大家拜拜插香到一半，Mipa竟然帅气地从天而降，吓坏一大票长辈婶婆亲戚！）

Mipa也有恶趣味，他说最喜欢躲在沙发下面，看人找他，找到后很辛苦地蹲在地上跟在沙发下的他讲话。

“觉得看人类大大的身体蹲在地上跟我说话，有点辛苦的样子很有趣。”Mipa说这句话的时候带点恶作剧的语气。

说Mipa不喜欢人也不至于，但就是个自得其乐，很能自处找乐子的毛孩子。

当时沟通这两个毛孩子，我的情绪高低起伏不定，态度一下欢乐一下淡漠，事后回想，我觉得隔壁桌的应该会觉得我根本是个疯子吧！

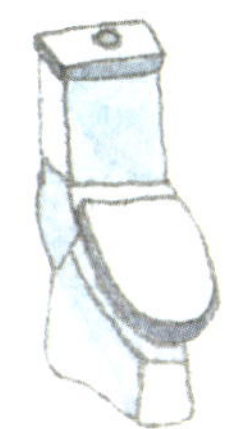

Chat chat time!

一般沟通完定点大小便问题后，约有六成概率，毛孩子回家会改善。但要持续这个好习惯，一定要仰赖照护人的奖励制度，如果三天打鱼两天晒网，尤其对随时想要用尿尿占地盘的公狗来说是很难维持的。

不愿回答的原因

story 13

Niki是只漂亮的金吉拉，体形小，毛色丰盈柔顺。

带来咖啡厅的时候，Niki一直黏在老大哥毛毛身边，两只猫腻在一起像这世界只剩他们俩。

我问Niki你要不要出来，没想到被一口回绝："不要，我要待在毛哥哥身边。"

让我惊呼："天哪，这小两口是什么爱情对话！那毛毛你这样也没关系吗？"

"我没关系哦，就随便她啊……"毛毛语气宠溺地回应。

看来这两只猫咪，感情真的很要好。

确认联机后，照护人递手机给我看："她还记得这个男生吗？"

画面中的男生很年轻，20岁出头，眉清目秀、神色自若，有点玩味地看着镜头。

没有画面跟信息。

"我没有收到什么画面跟感受耶，他们似乎互动不多？"我试探性地这样问。

"没有耶，她跟这男生生活过一两年，这男生很照顾她的。"

"他们多久没见面？"

"大概……一年吧。"

"那可能是不愿回想没有一起生活、看不到的人吧，有些动物会这样，不如我们先聊点别的，看等会儿回头来聊，她会不会愿意讲。"

“那她记得车祸吗？”主人面色略带凝重地问我。

提到“车祸”两个字，Niki也是一片空白，没有画面跟信息。

“可以多给一点提示让她理解吗？”我尝试引导主人帮助沟通流畅。

“那场车祸，我跟刚刚那个男生都在前座，他是我男友。Niki自己在后座玩耍，车祸后，我昏迷，我男友却当场离开。Niki也是事后在医院，路人帮忙抱给我的，但她那时也是吓得魂飞魄散、脑子里一片空白的样子。”

即使说到这样详细了，Niki也是什么话语都不给，我像是跟一堵墙说话一样，音信全无。

“也许聊点什么别的好了，先转移她的情绪。”

后来我们聊了很多，一些衣食住行，爱吃什么，爱喝什么，为什么不爱喝水，讨厌哪只猫，喜欢哪只猫，为什么晚上爱乱叫，喜欢什么玩具。

照护人知道的、风调雨顺的一些问题。

这些问题，Niki都能带点娇气地迅速回答，这个不要，那个不喜欢，这个好吃可以多来一点，一切都像平常的沟通一般顺畅。

聊到最后，照护人问：“我们家有很多房间，可以问问Niki最喜欢待在哪个房间吗？”

画面很清楚，风光透明的一个房间，摆饰简单干净，阳光、空气都在空间中自然流动着。

我尝试画出格局，照护人看到后缓缓道出：“这个是我男朋友的房间。”

我问Niki：“你知道这是哪个男生的房间吗？”

她又恢复到静音模式。

沟通结束后，我整理我的情绪，我似乎无意间窥见了动物跟人类一样拥有的细腻而幽微的、不可碰触的记忆。

那种只有自己能保存，关于一个人的、只关于他的回忆片段。

人说至悲无泪、至爱无言，大抵就是这样了。

许多人会问动物，会不会思念前主人或是已经很久没见的前男友，大部分的动物都会回答：“看不到的就尽量不去想。”

也许有人会解读为无情，但在我看来，因为他们无法发WhatsApp或LINE，也不能主动联系谁，再多的思念对自己来说都会是负担，所以在只能消极地接受的情况下，遂演变为“Out of sight ,out of mind”了。

跟最爱的你们在一起，什么都没关系

我们大致上都是这样的，对喜欢的人亲昵异常。碰到喜欢的人，标准都会宽松一点，没关系，开心就好嘛。

就算我们喜欢的人有时候踩到自己的地雷，多数也能笑笑就过去，不大会真的计较。

但要是遇到不喜欢的人，那可是多听两句话，其忍住翻白眼的力气所消耗的卡路里，大概都可抵跑操场3圈。

都说狗儿好相处，我做动物沟通以来，觉得猫有个性、狗较随和，但直到我认识这位拉布拉多犬歪歪才知道，狗狗跟喜爱的家人一起生活，还真是可以什么都不计较。（笑）

歪歪的照护人是一位北上念书的大学女生，带着照片来与我沟通的。

顺带一提，这位女生很有趣，念的是生物系，理论上是完全的左脑使用者，却因为我的blog与粉丝专页，让她愿意倾听且相信动物沟通。

她成功预约后，有次还气冲冲地写信来跟我说，身边的同学知道她要来做动物沟通后，都揶揄她一番。

即使被嘲笑，她还是坚定地跟我说：“虽然身边的很多同学还是抱持怀疑态度，但我觉得他们只是不想试着了解这种难以理解的事情罢了。”（笑）

终于到了沟通的当天，坦白说，我有点紧张，因为不想让这位真心信任我的朋友失望。

没想到拿着歪歪的照片试图联机后，我丢出的信息，让我们都无法确认是否有连上线。（晴天霹雳）

“最近家里是不是常常有大的声音？”我疑惑地问，“歪歪说那个让他很不安，会想要走来走去，这边躺一下那边躺一下。”

“哎，很大的声音？是什么？”照护人一脸茫然地问我。

她进一步说明：歪歪是一只缺乏神经的淡定狗，从果汁机到暴雷地震都无法让他离开正在睡懒觉的床垫。所以让他不安的大声音，真的让人摸不着头脑。

“歪歪说那个声音通常都是在白天响，很吵很烦，走到哪里都躲不掉。”我跟歪歪要了多一点的信息后回报。

照护人还是一脸疑惑，所以我先从下一个问题着手，那时我阿Q地想：也许答案晚些就自己出来了。

照护人说歪歪之前曾滑倒受伤，想问他还会不会不舒服。

我问歪歪后，他说：“现在左后腿那边……好像怪怪的，也不是痛，就有点卡，走一走会想缩起来，其他地方没有特别不舒服。”

这下换照护人脸僵掉了，她尴尬地挤出几个字回报，我才知道，几星期前歪歪摔到的明明是前腿啊——（痛苦抱头）

因为照护人远赴台北念书，也许有些状况并不是很清楚，看来需要与人在高雄、与歪歪一起生活的照护人的妈妈现场对证了，所以我请照护人打给远在高雄的阿母。

幸好在打给阿母以后一切都有了答案。

很大的声音，是因为最近楼上浴室在施工。

（照护人补充：难怪歪歪形容那个声音是“不安又焦躁”，而不是害怕，因为我们家南部那种午后雷阵雨大暴雷，歪歪都能处之泰然，但施工这种声音，是连人类都受不了的啊！）

至于不舒服的左后腿，阿母大笑说：“歪歪他自己今天早上玩球拐到左后腿啦！”

松了一口气的我想着，还好，还好我没让信任我的照护人失望。（呜呜，一瞬间心情好像洗了三温暖。）

确认连上线后，我问歪歪：“对生活有什么意见吗？”

没想到歪歪用无奈的语气，控诉他受到的委屈。

“有时候我躺在地上，人类就会冲过来压在我身上，我不喜欢，但好像这样人类又会很高兴的样子，就算了。”

“啊哈哈哈哈，我们就是喜欢这样抱你啊，这是我们很爱你的意思啊！”照护人笑着解释。

“还有人类常常跟我握手，又不把我的手还我，我很困扰。

“还有，有人会这样用手指戳我鼻孔玩我的鼻子，我很困扰。

“哦对了，人类还会在我头上放一些奇怪的东西，我很无奈，可是看人类好像都很高兴，就算了。”

“天哪，你干吗把平常我们欺负你的所有行径都说出来，是有这么困扰吗？”照护人大笑。

“因为歪歪平常也没有很剧烈地反抗，拍照什么的他也都很配合，所以我们不知道他有这么不喜欢！”照护人试图说明。

“可是这些事情啊……虽然让我很困扰，但我真的觉得人类做这些事情的时候都会很高兴，如果这样他们就会很高兴，我没关系哦！就算了！”

歪歪的语气，和我以前碰到的抱怨的动物完全不同。

这样说吧，以前碰到想控诉的动物，通常语气激烈，一副忍了一辈子终于有机会一清宿便的样子，很有不趁此时一吐为快更待何时的感觉。

“可以不要这么爱抱我吗？真的很烦耶！”

“等一块饼干要等好久好久好久，到底什么时候才让我吃？”

“每次都要梳毛梳好久，梳到我都痛了，可不可以不要这么爱梳我的毛啊？”

大致是这类的控诉。

歪歪却是充满无奈却又没那么在乎的感觉，虽然不喜欢，但能“舍生取义”，似乎家人开心，他就开心，一切都无所谓。

我想到之前，跟照护人聊到他们认识歪歪的经过，印象中歪歪是这样说的：

“之前在一个空旷的空地生活，有一群男的会喂我东西照护我。后来有一天他们走了，没有带着我。我觉得很饿，就自己走出来离开那里了。

“自己生活的过程中有被人赶过，但没有被打。后来有一个人带我回家，照顾我。

“但那个照顾我的人，不是现在的家人哦，她是长这样的。”歪歪缓慢说完后，把画面传给我。

看起来是一个有点年纪的阿姨，传达信息给照护人后，她说：“没错！我们是从一位阿姨那里带歪歪回来的。”

看来歪歪在加入这个家庭以前，经历过一段苦日子。

无怪乎，后来我们问歪歪：“最快乐的事情是什么？”

原本以为会得到一些玩球、吃饭、散步的答案，没想到歪歪思考了一阵子以后说：

“最喜欢的事情，就是能来现在这个家。能够来这个家真是太棒了，跟以前的生活不一样。这个家有爱我、照顾我的人类，我很喜欢。”

大概也就是这样，所以，一切的“家庭霸凌事件”，歪歪都能处之淡然了吧，因为，对歪歪来说，能跟喜欢的人一起生活、受到照顾，其余的都不再也不需计较了。

虽然歪歪因为际遇的关系，说出一些感人的话，但到最后问他有什么话要跟家人说，他却只说一句：“我好饿，我想吃饭。为什么还没有饭吃？”

电话另一端的阿母在爆笑后补充说明：因为现在才7：40，离歪歪的吃饭时间8点还有20分钟啦！

哎哟，原来是因为逼近吃饭时间的关系，难怪歪歪吵着肚子饿。（笑）

大班是一只漂亮的黑色台湾土狗，就是那种台湾最常见的，英姿焕发、黑到发亮、双耳尖尖、鼻子长长的正宗台湾土狗。

他是我在课堂上练习的第一只动物，也是我人生的第一个动物沟通对象。

沟通的印象有点模糊，也有点短暂，聊的问题不多，但大班的响应还算清晰。

最想要沟通的问题是大班凌晨4点就会吵着要人带他去尿尿，但照护人起床了开门，他又一副事不关己的样子。（如果是我应该会很想徒手捏碎玻璃杯吧！）

聊天后，大班说："我很早就睡醒了，但人类都还在继续睡，我真的好无聊。醒了好久，就会想尿尿啊！也想要有人类起来陪我玩。"

"可是人类早上都好累、好想睡觉，你能不能先自己玩呢，再等一会儿，人类就会起床了。"

大班想了想后妥协道："我可以忍到人类起床不吵闹，但如果睡前有人带我去散步，我就不会大清早要人陪我出去了。"

之后照护人照做了，事情也获得了解决。

这个案例事后让我想了很久。

因为我想着，狗半夜吵着要尿尿改成睡前带他去散步尿尿，不是世间再简单不过的推测和道理吗？

我身为动物沟通师，怎么给的是这么简单的答案，会不会照护人不用问我就知道了，或者这其实是我自己身为人类的主观意识推测？

这样的自我怀疑持续了一段时间。

后来我想到了以前看到的一段故事（寓言之类故事的真实性有待商榷）。

麦哲伦第一次航海绕地球一圈，回国后被人笑："不就是把船直直开下去吗？这有什么难的？任何会航海的人都会！"

麦哲伦说："对啊，任何人都会做这么简单的事情，但有任何人曾想到这么做吗？"

我才意识到：

再简单、再小的事情，只要没人做，只要没人想到，事情就无法获得解决。

而动物沟通师，就成为照护人与动物之间的桥梁，有点像是婚姻咨询师，帮助相爱的两个人有了沟通的管道。

只要是能够帮助两个物种共同生活得更好的线索，即使是再旁枝末节、再细微的事情都弥足珍贵。

一个问题行为背后可能有千百种答案，但有些问题较棘手，例如焦虑地舔毛或是无原因地拒食，就算再怎么揣摩猜心，效果还是有限。这种时候还是约谈动物沟通师坐下来好好聊聊吧！

story 15

吵架时，必备的逃生安全门

吵架正烈时，喊停是避免更伤人的话脱口而出。

当一方已然被情绪冲昏头，自己赶紧逃到安全空间，躲避更激烈的言语伤害，也是为了保护自己的心灵健康。

我通常把这样的空间称为逃生门。

给予关系呼吸的空间是必需的，对于动物之间亦然。

小猫是只可爱的乳牛猫。Duedue较特别，虎斑造型，但鼻头带点白色，前脚穿着白色的及踝短袜，后脚则穿着长白袜，讨喜可爱。

小猫严格来说是Duedue带大的，但后来照护人带着Duedue到新家生活，把小猫放在父母家照顾，遂两只猫分开生活。（虽然叫作小猫，但也已7岁，Duedue则是13岁。）

直到后来，照护人带着Duedue回家住，却发现小猫排斥得厉害！

“最激烈的一次是3年前，小猫把Duedue咬出两个牙洞，像吸血鬼那样，真的很恐怖。最近几乎每天都打架，到了晚上9点左右，不是对峙就是追逐，如果打起来一定弄得满地毛，连我去制止都会被小猫凶。”

从坐下来到现在，热烫的伯爵红茶一口都没有啜饮，红茶从冒着冉冉的蒸气到现在逐渐冷却，不用沟通，单用肉眼观察也能感受照护人焦虑紧绷的心情。

问小猫还记不记得Duedue，小猫立刻回答：“我当然记得他啊，可是现在这是我家耶，干吗要带他来我家啊？！”（张牙舞爪）

但Duedue却好无辜地说：“我只是想跟他玩呀，他都不跟我玩，每次找他，他就忙着生气。”

“那他这样追着要咬你，你受伤怎么办？”

“那就小心点不要让他追到就好了呀！不跟他玩，我好无聊哦，我就是很想跟他玩！”

问小猫可不可以跟Duedue和平共处，小猫却说：“我可以当没看到他呀，只要他不来烦我！”

一个想要冷处理，另一个却想积极挑战对方底线。眼看谈判就要破裂，没想到Duedue却给出意想不到的方案！

Duedue主动给我看一个画面：三人座沙发，旁边还有张单人沙发，沙发旁边是个可以对开的落地窗，窗外是风光大好的阳台。

沙发对面，不意外的，是电视。

“小猫常常在电视的右边冲过来追咬我，我通常都会在另一边。以前我都可以直接跳上电视这边，然后小猫就追不到我了，这一个回合就算结束！

“可是啊……最近，电视这边都不能跳上去了，搞得我没地方跳上去躲，可以帮我想想办法，让我可以跳上去吗？”

没想到Duedue会主动提供逃生路线，我赶紧传递信息给照护人。

“上不去就是因为Duedue太胖会挡住爸爸看电视，所以我爸放了障碍物让他不能跳上去。”

我思考了一下，建议照护人：“还是在电视旁边放个猫跳台或是堆几个箱子之类的呢？稍微设计一条逃生路线给他。”

“嗯……听起来应该可行，好，我回家再去想办法。”

猫咪在打架时，能有逃生路线与可以喘息的空间，就像一直被逼着一起住小套房的情侣，在吵架时能够有一个房间time break。

有了这样的空间，猫咪的情绪相对也会较放松，不那么紧绷，也更能把“街头对干”淡化为普通的“游戏追逐”。

如果你家也有冲突不断的猫咪，我建议可以效法Duedue的逃生门良计哦！

设计好逃生路线以后，可以用零食一步一步引诱你想要保护的猫咪走一遍逃生路线，让他知道现在这边有个新的路线可以逃生。逃生路线的终点，应该是高处且仅能容纳一只猫咪，才能确实保护想逃生的猫哦。

story 16

猫开会

许多人都知道猫群中会有猫老大，且猫咪的阶级制度明确。

但你知道吗？他们遇到重大事情时猫老大会聚集大家开会，针对问题商讨决议。

事情是这样的，有对夫妻说家里最近养了新的小猫名唤阿咪，但另一只成猫Pinky，在阿咪来了以后曾经血尿，医生诊断为压力造成的。

就算试了猫咪费洛蒙，效果一样没改善。夫妻两个对于两只猫之间的爱恨情仇实在是很无奈，既担心Pinky的健康状况，又不能因为这样把阿咪送走。所以想请我沟通看看Pinky对于阿咪有什么感觉，有没有造成他身体上的不舒服及心理上的压力。

Pinky有着折耳的可爱造型，但胸前却有一圈华贵的白色胸毛增添气势。而阿咪则是只可爱的橘白猫。

在沟通之下，剧情有了意外的发展。

我：“听说你常常打阿咪耶，怎么了？”

Pinky：“没有啦……就小孩子需要人教规矩，教训一下而已。”

这时候也跟夫妻俩确认：Pinky虽然会打阿咪，但从来没有真的见血过。

之后也跟家中另一只最早养的猫阿丁联机。（撇开小屁孩阿咪，共有3只成猫。）

阿丁说话口吻稳重，且言简意赅，让我立即分析出他是家中的猫老大。

阿丁：“当初阿咪刚来时，我们就开过会。其实大家都很不希望家里有那么小的小孩，烦死了。但又觉得家里有只小猫，爸妈好像也蛮开心的，所以就对阿咪没那么积极驱赶，得过且过地让他留下了。”

这时照护人补充：“阿咪是在1个月大的时候，被我们从路边捡回家的，当时决定得很匆促，不捡他回来，他的命运可能就是在路边饿死、冷死。所以也没有时间跟其他猫咪宣布或是商量，就直接带回家了。带回家后，虽然那么小，却意外地没有任何猫欺负他，或是排斥他。”

话语停顿一番后，阿丁像是又想到什么主动提起：“虽然让阿咪留下了，但是猫咪的规矩还是要教的，要教他上厕所，还有玩耍的规矩。但管小猫这种小事，还需要我出手吗？所以最后就派另外一只成猫Pinky出来当教官了。”（所以Pinky是苦主。）

传达后大家都觉得不可思议，但照护人旋即想起：

阿咪刚来家里时，家中成猫的呕吐状况很频繁（然后阿咪就会立刻冲去吃，恶），但当时没放在心上。

但现在仔细回想，发现那时的呕吐不像“泡过胃酸”的呕吐物，反而大多还看得出食物的原形原色。

“共同反刍抚养小猫，但教养交给Pinky负责。”

是家中猫咪们开会的结论。

教育阿咪的事情告一段落，教官Pinky好像也要一吐怨气，把这阵子教导阿咪的不快都一吐为快。

“我很喜欢阳台外的大树，躺在树旁边很舒服，希望我躺在那里休息的时候，阿咪不要来烦我。”

“哎哟，阿咪就是跟屁虫，喜欢黏你，趴在你附近啊，好啦，以后如果我们有看见，会帮你驱逐的。”

“还有，现在的厕所好脏哦。”

“因为是四只猫共享啊，已经买最大的猫厕所了。”

“所以，那就还是很大的脏厕所啊。”（顶嘴功力一百分！）

听说回去后，Pinky、阿丁还有其他成猫跟阿咪的相处也有改善，虽然阿咪还是很二百五地缠着各位哥哥姐姐讨着玩，但激烈如血尿的状况，据说也没再出现过了。

后来，我又听说，两位照护人又领养了一只小母猫回家。这次，轮到阿咪担起大哥哥的责任教育小猫，每天任小猫抓爬追赶，我想这就是所谓的现世报吧。（笑）

家里如果已经有固定猫成员，要增加新猫时，为了双方日后感情着想，可以先隔离新猫（关笼）一段时间，让他们适应彼此的气味，再慢慢拉长相处时间。不建议一下子就把所有猫放在一起大乱斗哦。

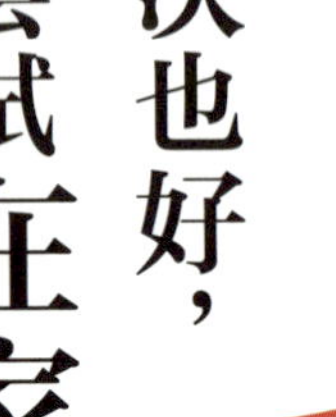

story 17

一次也好，请尝试在家上厕所吧！

如果有人轻轻摸了一下玻璃片，将玻璃片置于户外两星期或室内四星期，狗儿仍有办法察觉到玻璃片上的人类气味。对他们来说，用嗅觉分辨出你昨天丢给他的树枝和院子里一地的树枝简直就是微不足道的事。

——《别跟狗争老大》

有时在外面摸过别的狗或猫，回家后，家里的动物就会像缉毒犬搜身一样，闻遍你全身。如果说人类是用视觉来认识世界，那么猫与狗可以说是用嗅觉来认识世界。

我就曾碰到过一位照护人，有在外面喂养流浪猫的习惯。他带着流浪猫的照片来找我，问流浪猫："怎么每次喂你吃罐罐都那么爱磨蹭我的腿呀？是真的很喜欢我还是看到罐罐很开心？"

没想到那位流浪猫回答："没有啊，我知道你家里有别的猫咪，我故意要在你身上蹭上我的味道，让你家的猫咪知道你有在外面摸过我！"（我内心崩溃：你哪里学来这种乡土剧坏女人的台词啊？）

由此可知，嗅觉对动物来说，几乎是像人类的视觉一般，是五感内的主要感受。

Sawa是只超大的伯恩山犬，刚开始联机，他就开始噼里啪啦地开菜单：喜欢猪大骨、酸奶，黄黄的柠檬味道怪怪的，不喜欢。

"还有我最喜欢那个白白的肉，如果可以每天吃就好了……"Sawa意犹未尽地开菜单，好像从知道要跟我联机那天起，就默默准备了点菜清单。（注：为了加强动物沟通时动物的联机意愿，我通常会建议

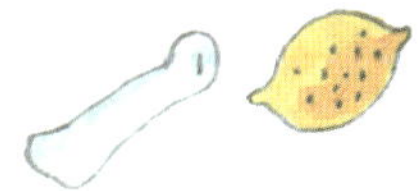

照护人在沟通的前三天，提醒动物说：有位姐姐要跟你说话，有什么话都可以跟她说。有没有讲真的有差别！我觉得道理有点类似，小孩不会愿意跟陌生人讲话，经过妈妈提醒，聊天的意愿自然会提升不少。）

“好啦好啦，就知道你想吃东西，你说的那个白白的肉是水煮鸡肉，想吃东西回家再说，但你现在要专心跟姐姐聊天！”照顾Sawa的是一对夫妻，女生眼神温柔，用力揉着Sawa的头这么说。

“Sawa平常都是等我们带他出去散步才肯尿尿，但问题是他完全不愿意在家里厕所尿尿！连台风天下大雨都一定要去外面尿尿！这样子真的有点麻烦耶！”

“因为我觉得那样会很臭很臭很臭很臭！”Sawa跳针似的立刻响应我，并旋即把厕所的画面传给我，说，“你们想要我去上的厕所，是这间吗？”

我画出一个有浴缸的浴室。

“对对对，我们家有两间浴室，一间有浴缸，一间是淋浴间，你画的这个，不管是门的位置还是浴缸跟马桶的位置，都是平常Sawa硬被我叫去上的厕所。就是这间！麻烦你跟他说，平常憋不住的时候，就去这间厕所尿尿好吗？”

原来Sawa为了等大人们回家带他出门上厕所，都会习惯性憋尿。

“而且我们现在发现他喝水也比较少了，疑似是因为怕想尿尿所以不喝水。”

带点紧张的语气，照护人诱哄Sawa：“跟他说，在家也可以上厕所啊，有就去上，不要憋尿！”

“可是我觉得在这边尿尿会很臭啊，全家都会是尿尿的味道耶，你们都闻不到吗？”

“那地板冲掉就没有味道啦！”

“哪有！还是会很臭很臭很臭很臭很臭很臭！”Sawa持续跳针中。

Sawa表达出的那种抵死不从的心情，好像有人在自己的床上大便一样，浑身不自在跟无法接受！

“你不是最爱吃那个水煮鸡肉吗？那你如果在家里厕所尿尿，我就早餐、晚餐，都给你加水煮鸡肉哦！”照护人提出优渥的交换条件来加强谈判筹码。

Sawa：“……”（沉思状）

我：“看来他没有直接拒绝耶，有在考虑，快！再加把劲！”

照护人：“是新鲜的水煮鸡胸肉哦！只要我们回家看到你在厕所有尿尿，就给你吃！好不好？”

Sawa：“……如果我记得啦……但如果我没尿，肉还是要给我哦……”

“没尿当然就没有啊，你到底懂不懂交换条件的真谛啊！”照护人好气又好笑地说。

听说，当天晚上回家，Sawa吃饱饭后，主动走到希望他上厕所的浴室门口，坐下，开始沉思。

照护人看得傻眼了，因为平常除非有人一直喊，Sawa才会乖乖地靠近这间浴室，不然他是绝对不会自己主动靠近浴室。

2个月后的某天，照护人来信说：

Sawa终于因为吃坏肚子，愿意进厕所上大号了！虽然他是在逼不得已的状况下被劝进厕所，而且一开始还不愿意上，先坐在厕所地板上好一阵子，最后才像是下定决心上出来，他终于敌不过屎在滚而屈服了！

味道这么重的嗯嗯，Sawa你都克服了，都已经愿意在家里上大号了，那下次在家里尿尿，应该也不是那么难了吧？Sawa！

大部分习惯在外面上厕所的大型犬，都不愿意在家里上厕所。如果想要训练的话，建议在狗狗刚起床、刚吃饱或是激烈玩乐一阵子后，带进厕所，通常约15分钟就会排泄，这时再给零食奖励。建议零食撕成小块，四五块地分次给，加强刺激度，让狗狗对于“在这边尿尿会有好事发生”的联结更强烈。

story 18

敢惹我生气，我就送你大便

小玉（发音tama酱），是只绝顶聪明的猫。她有个坏习惯，就是送大便给照护人。

照护人说，最晚明年，想要出国留学。

“因为小玉跟我感情最好，又最爱跟我闹别扭，所以想要先跟她沟通我要出国，会暂时离开她的事情。”

“小玉是只很傲娇的猫，只要惹她生气，她就会送大便给我。（扶额）

“印象最深刻的是有一次我为了一件小事情骂她，结果那天半夜我上厕所，在厕所门口踩到‘排列成一条直线’的大便。

“当下超气的，但我决定忽视当作没看到，怎么可以就这样跟她屈服？要让她知道是她先做错事情呀！第二天，小玉晚上跳上我的床，要我‘靠边睡’。”

“靠边睡是什么意思？小玉要独占你的床吗？”听不懂的我立刻如赫敏般举手发问。

“哦……不是啦！小玉很喜欢睡我们已经睡暖的床，所以她都会等我先睡一段时间后跳上床，用她的猫掌推人，要我‘靠边一点’，这样她才能睡已经被睡暖的地方。我迷迷糊糊间就靠边给她，毕竟她几乎每晚都会给我这样搞。之后就当然继续呼呼大睡了，结果早上醒来，我的侧腰边和我的床全都沾满了被碾烂的大便！”

“天哪！世纪大惨案！怎么会这样？”我不敢相信我听到的。

“原来小玉要我移开以后，就故意大便在我为她暖好的位置，然后我晚上睡觉当然会翻身，结果惨案就这样发生了。”

“那你有把小玉抓起来打一顿吗？如果是Q比，我就立刻吊起来打啊！”照护人故事说得太精彩，让我感觉身临其境，好像睡到大便的人是我一样。

“没有哦，她使出这招，我真的受不了，我立刻跟她道歉！

“之后她就原谅我了，马拉松般的大便礼品行动就此告一段落。”

“哦对了，还有一次！”照护人像是要讲续集一样，把小玉的大便故事一次讲完。

“有次我弟在玩电脑，小玉一直在旁边喵喵叫，希望我弟陪她。但你也知道，这世界上是没有任何人、事、物可以移动玩电动中的男生的。

“结果我弟隔天就在电脑旁边发现了‘一颗’大便。

“不是一长条，而像是刻意的、示威型的，不多不少、一颗像兔子屎的大便躺在电脑旁边。”在吃饭的看官们，对不起了，但就是要描述得这么清楚，才能看得出小玉有多故意！

“天哪，这也太故意了吧！搞不好小玉还是硬挤的。如果可以我猜小玉都想留便条纸在大便旁边了，便条纸上面应该写着：亲爱的弟弟，以后不准再不理我了哦！啾咪！”我觉得小玉真的表现得太故意了，不禁这样幻想着。

“那她之后还有这样过吗？每天都这样搞，谁受得了？”我进一步追问。

“没有哦，因为她后来都直接帮我们关机。”照护人一副理所当然的样子，仿佛小玉掌控家中电脑开关是再自然不过的事了。

后来我问小玉：“小玉，你为什么要送大便给别人？你知道这样很过分吗？你第一次这样做是什么时候？”

“有一次我在厕所外面大便，人类好生气哦，指着我一直骂。那次我发现人类好像很讨厌‘大便’这个东西出现在厕所以外的地方，这会让他们很生气。

“所以后来他们惹我生气，我就决定我也要做会让他们生气的事情。”小玉的语气阴沉又带冷静，简直就是乡土剧中的坏女人。

“姐姐过一阵子会不在家好长一段时间，你可以试着接受看看吗？”撇开大便闹剧，我尝试引导小玉进入正题。

“……”小玉保持沉默。

“姐姐因为有别的事情要做，会有很长一段时间不在家，但妈妈、弟弟，都还是在家陪你哦！”我继续语气保持温和地说明。很像那种电视上常演的，法庭处理离婚官司，法官对幼儿解释说话的语气。

“……”小玉继续保持沉默。

“小玉好像拒绝沟通这件事情耶……”我无奈地对照护人反映。

“其实我不意外，小玉最爱跟我闹脾气，其实也是最黏我。”与刚刚的笑闹语气不同，照护人的声音转慢、转柔。

“我曾经出国打工旅游半年。听妈妈说，小玉那时每天晚上在家里上演夜半歌声，喵喵叫不停，而且不断巡房找我。听说连饭也吃得很少，整只猫都瘦了一圈。”照护人心疼地说。

但不管我怎么丢“姐姐要离开一阵子”这项信息给小玉，她都关紧了门，怎么都不愿意响应。

“我觉得她根本拒绝面对现实！”我弃甲投降。

“没关系，拒绝面对现实不回答，就代表她知道了，只是不想响应。我想小玉会自己慢慢消化这项信息的。

“至少目的达到了，提早快一年让她知道这项信息，希望到时候别再上演夜半歌声、绝食抗议了。”照护人柔声下了结论。

后来听说，固执的小玉还是无法坦然接受照护人不在家的事实。

照护人来信说，小玉目前在台湾给妈妈照顾，据说饭还是吃得很少，晚上吵闹不休，而且因为身体有点不舒服，妈妈带去看了医生，顺便剪了指甲，回家后没多久，小玉就马上送上热乎乎的大便给妈妈。

看来，小玉的“你让我不爽，我就送大便”的行动仍旧持续中……

长期出远门前，至少提前两周，每天柔声跟动物说：“我因为有事情要离开家一阵子，一定会回来，不是把你丢掉，也不是不爱你哦。我最爱、最舍不得的就是你，我会尽快回家的。”

根据经验，大部分动物的分离焦虑真的会减缓不少（小玉是极度固执型的例外）。

有时候，动物会主动跟我说照护人跟他说的话。

“她会把我抱在怀中，在我的耳边一直说最爱我了。”

“最近常听到他们说要再带一只狗回来跟我做伴，拜托他们千万不要！”

很多人都很惊讶动物听得懂我们说什么。我会说他们听得懂的当然是简单的，你跟他们讲银行汇率还有政治议题当然听不懂。（有人跟动物说这个吗？）

把动物想象成3岁小孩，尽量用简单的单字跟句型和他们说话，他们大致上真的能理解。

后排的同学又举手发问了：“那为什么动物听得懂我们说话，但我们听不懂他们说话呢？”

这位同学问得非常好。你就想象你被外星人抓走，跟他共同生活10年。虽然听不懂外星话，可是因为你没事只能待在家，外星人回家你也只能观察外星人，久了你不是笨蛋应该也会知道外星人的脾气，还有外星人拿出什么是要干吗跟说什么是要干吗吧？

外星人因为很忙，时间到了就要像箭一样射出门，平常都在外面，晚上回家又滑手机滑平板看星星（不是窗外的），根本没什么时间观察你绕圈圈是想尿尿、鬼叫是因为刚刚有声音吓到你。

一言以蔽之，一段亲密关系，不管什么爱情、亲情、友情，对于对方的了解，一定跟你花在观察对方的时间成正比啊！

那基础点是什么？就是爱啊！（莫名激动）

有次我妈妈用嫌弃的语气跟我说："你不是说动物听得懂我们说的话，哪有？"

"听得懂简单的啦！你是说了什么？"

"刚刚我在厨房拿水煮鸡肉给Q比，跟她说我现在很忙，走不开，你拿这块鸡肉去给在房间的鸭咪（我姐的马尔济斯）。

"结果Q比立刻吞下去耶！根本就没有帮我快递啊！"

我想动物有时候也跟人一样，听得懂但不一定会照办吧！（摊手）

你不准抱我，但也不准抱别的兔子！

很多动物常常连上线后第一件要抱怨的事情就是：“别再抱我了！我最讨厌被抱了！”

“为什么不要呢？抱你是因为喜欢你呀！”照护人通常会有点委屈地这样响应。

“那种被困住、被绑住的感觉真的很不舒服，而且想下去也不能下去，真的不懂你们人类为什么那么爱把我抱高高耶……”这是大部分动物的答案。

但兔子“宝贝”除了不给抱，还有别的要求……

刚跟宝贝对上眼，他就立刻像机关枪一样地抱怨：

“我讨厌这个外出笼的踏垫，很不好踩，你们进来踩踩看就知道了！

“不要抱我，尤其是在我睡觉的时候，我会很生气！

“我不喜欢喝水，但是我的水瓶要天天换新的饮用水！

“当我想静静窝在角落的时候，不要摸我、找我！”

“啊……我以为兔子脾气都很好，不是被动物园归在可爱动物区吗？”我一口气帮宝贝转达完他的“控诉清单”后，略带喘气地小心翼翼发问。

“哎哟，别人家的兔子可能是啦，但我们家这个哦，傲娇！”照护人一副一点都不意外宝贝开出控诉清单的样子。

“那他平常喜欢我们抱他吗？”照护人进一步追问。

“我不要！我从小到大，都一直被抱一直被抱一直被抱！走路也被抱，吃饭也被抱，吃草也被抱，我真的很受不了突然被抱到那么高的地方，过一阵子又被放下来耶！”好像忍了一辈子的感觉，宝贝噼里啪啦地诉说被抱的痛苦。

宝贝形容的感觉，就好像我们突然被“101大楼”抱上又抱下。易地而处，如果我从小就随时无预警地被“101大楼”抱起来，应该也会颇不爽的吧。

即使被拒绝，照护人还是无奈地说：“好啦好啦，那以后少抱你一点。可是我真的就是太爱你了才会一直想抱你呀！”

没想到，照护人话才刚落，宝贝就传送两只兔子的影像给我——一只是棕色的，体形偏大；一只是白底有黑色斑块的，稍小一点。

“这两只兔子，有够讨厌的，是我最讨厌的兔子！”气呼呼的宝贝说。

我转达给照护人后，她想了一下，惊呼：“这是我这辈子在宝贝面前抱过的仅有的两只兔子！

“我曾经抱过两只兔兔，一次是两年前抱过学妹养的‘麻吉’；一次是上个月在动物医院抱过一只生病的兔兔，那个时候我就有看到宝贝的脸一副很不开心的样子。”

“不要再在我面前抱别的兔子了，我不喜欢！”宝贝气愤得几乎要跺脚。

委屈的照护人："那只生病的兔兔很可怜，开刀后不见得会活下来，所以我抱抱他安慰他嘛！"

"然后呢？"宝贝一副这一切都不关他的事情、唯我独尊的样子。如果是人类，我想他大概白眼都翻到后脑勺去了。

"那你不给我抱，又不准我抱别的兔子，那我怎么办？"照护人用近乎哀求的语气说。

宝贝用略为无奈、很牺牲的语气说："好啦……如果你真的想抱我，你心情不好哭泣的时候，我可以勉为其难给你抱、安慰你一下。"

照护人大笑："啊，真是谢主隆恩！"

不给人抱却也不准妈妈抱别人，要抱他还得符合"伤心难过"的情绪标准，客官们，这不是傲娇，什么才是傲娇啊！

很多动物跟我抱怨讨厌被抱是因为"讨厌无预警被抱离地面的感觉"，但有些动物，如果事先知会他们一声，跟他们说："要抱抱啰！"或是"抱抱！"他们有心理准备后，会比较没那么排斥被抱起来。

我跟Q比就是这样。我要抱她前会跟她说："来抱抱！"她有时候会摇尾巴向前，那就是她乐意被抱的时候。但，当然很多时候，她是背对着我拔腿狂奔！

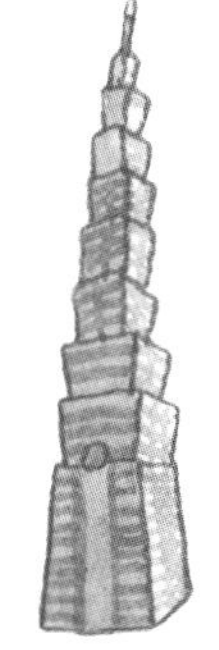

讲不听自己的小孩

story 20

孩子小时候大抵都不听妈妈的话，但到了外面却乖得像条虫。

听老师的话、听阿姨的话、听隔壁大姐姐的话，但就是不听妈妈的。

小孩对妈妈的情绪很奇怪，见到妈妈有事没事哭一场，爱撒娇，像无尾熊一样黏妈妈，但又偏偏最不爱听妈妈的话。

我虽然还没生小孩，但最近也体会到这样的难处。（怎么报应来得这么快？那我跟宇宙下订单说好的乐透呢？）

米米是只超可爱的比熊，比我们家Q比大且重，但比Q比年轻，快满1岁了。

米米像一切正值年轻力壮的小狗，说是问题少女还不至于，但在家里做的事也够两位照护人烦心的了：乱啃咬东西，啃咬东西以后还可能吃下去（好怕要送医开刀），会吃嗯嗯（但又很爱干净怕踩到自己的尿，啧！矛盾），听到家门口有声音爱吠叫，还有——很爱用狂跳迎接照护人回家！

照护人忧心地说：“之前医生就说过她的两只后腿比较弱。每次我们回家她就一直狂跳，这样真的很担心她的后腿膝关节会易位，帮我们劝劝她好不好？”

“噢噢噢！这个乱跳的事情应该没办法哦！”我双手一摊呈现无

奈状。

“咦？为什么？”照护人疑惑地问。

“因为我们家Q比就很爱乱跳啊，都跳到我的腰那么高了（注：我168厘米）。我从会动物沟通开始，就不断跟她讲‘不要跳’，但她都当耳边风，还理直气壮地跟我说：‘就是要这样，你才会知道我有多开心呀！’”

“还是先帮我们问问米米的想法嘛！”

对哦，米米是米米，Q比是Q比啊，也许会有不同的想法。我还是应该先问问看，不该先入为主的，毕竟我是做口译的啊，忠实传递彼此的想法才是我的工作。

问了米米后，她兴奋地回我：“可是我真的好高兴哦，我看到他们回家我都好开心的！不这样做，我要怎么才能让他们知道我好开心？”

“那就转圈圈或是狂摇尾巴，我们就会知道你很开心了好不好？不用一直跳啊，我们喜欢你用转圈圈或摇尾巴的方式，但不要用跳的方式好不好？”照护人继续循循善诱着。

“好啦好啦，如果你们不喜欢我跳，那我尽量……”米米看似敷衍地答应。

“我看以后你们回家，如果米米再继续跳，就直接抱起来好了，这样她就无法继续跳了，我都是这样对Q比的。”

我一副很不把米米的承诺放在心上的样子，没办法，Q比的经验让我不太相信狗会承诺“回家不乱跳”这件事情。（对不起，我是否表现得很不专业？）

没想到……当天晚上，照护人立刻来信："Leslie，我们回到家啰！米米很平静地迎接我们，没有很激动地跳来跳去（撒花），感谢你！"

大傻眼！

回顾我家的Q比，她还是狂跳啊！持续跳到我的腰那么高，而且是每一天都跳！

自己的小孩怎么教都不听，别人家的小孩一讲就懂，这是什么？这就是小孩只听外人的话啊！（捏碎玻璃杯）

果然，"外人是个宝，为娘是根草"这个普世价值没有物种藩篱啊！看来小孩还是怕外面的坏阿姨，为了众生，我只好继续戴上地狱来的坏阿姨面具了！（逆风向前）

大部分小型犬的后腿关节都比较脆弱，要尽量避免让他们跳上跳下。如果爱跳沙发，也建议帮他搭一个楼梯，用走的方式绝对比用跳的方式好哦。

story 21

你们都不睡房间，我好寂寞

那天有点微雨，不，与其说是微雨不如说是下午的暴雨未了，剩下一点雨滴答个没完。雨滴在人身上、地上、树上，再消融在空气中，沾黏人的发丝、毛孔、指尖，搞得路人个个像条鱼，在湿气甚重的城市间游荡。

18：58，照护人慌忙赶进咖啡厅，带着微喘，还有一点着急的神情。

距离约定时间19：00差2分钟，看来照护人是个律己甚严、不喜欢带给别人麻烦的个性啊，我在内心默默地观察着。

“哎，没关系，你慢慢来，你怎么那么喘啊？”我试图用最和缓平静的语气招呼着照护人坐下来。

“刚刚本来想从捷运站走过来，但走到一半发现：完了，预估错误，距离太远了！这样走下去一定会迟到！所以我就立刻在路边租了U-bike飞车过来。”照护人一口气说完，看来焦急的情绪还没平复下来。

喝口茶，喘口气，照护人拿出两张猫咪的照片，乳牛猫叫喵喵，白底黄斑叫芽芽。我静坐联机，照护人也借此喝茶沉淀情绪。

静坐后，不等照护人发问，我像往常一样先跟猫咪聊，丢出一些生活信息。

我说：“你们谁要先跟我说话呀？”

“我先我先！我有很多事想讲！”喵喵迫不及待地抢下麦克风。

“这个家是我先来的，芽芽比我晚来！

"可以叫芽芽不要一直来烦我吗？每次都咬得我好痛。

"我以前吃过一种三角形的饼干，那个比现在的那种圆圆扁扁的好吃。

"照片中我躺的这个位置，左边是大门口，沙发右手边有个大窗户。"

我陆续丢出三四个我跟喵喵聊天得到的信息给照护人。

这些都与照护人一一确认与现实符合，我才开口问照护人："想问他们什么呢？"

"哎哟，他们两个现在都两三岁，不知道是不是长大的关系，以前都会进房间跟我一起睡，但现在他们两个都不进房间了。有时候都在想，该不会讨厌我了吧！"照护人语气略带沮丧地说。我懂，不能跟心爱的宝贝一起睡，真的很揪心呀！

好，我先来问家里最先来的猫——喵喵。

喵喵说："哦，我没有讨厌她啦。只是她的房间，以前都不会有味道的，但前一阵子，晚上从窗户外都会飘来一股臭味！我实在受不了那个味道，所以晚上就不想进她的房间了。"

我忠实传达后很紧张，因为根据以往经验，动物常常说闻到什么怪味，人类都丈二和尚摸不着头脑。没办法，我们的嗅觉神经实在没办法跟他们比呀！

"哦，我知道喵喵在说什么。"照护人即刻地回应让我很惊讶。

"最近隔壁邻居，不知是新搬来的还是怎样，开始抽烟，已经有一段时间了。以前真的没有烟味的。唉，这个我也无法解决呀……"

照护人显然很头痛。

“那换问芽芽，为什么芽芽现在也不肯跟我一起进房间睡了呢？他以前都跟我一起睡的，但现在都睡客厅沙发，就是这张照片的样子跟位置，他现在几乎都睡这儿，叫都叫不来，害我好难过。”

我原本以为芽芽的答案会跟喵喵一样：嫌房间臭。

但没想到芽芽有自己的答案。

芽芽说：“因为她的房间晚上都好热！我喜欢睡客厅，客厅有风好舒服！”

这下换我很疑惑了，因为我记得照护人的房间也有窗户，怎么只有客厅有风？

我把疑惑跟照护人说了以后，她立即笑说：“因为晚上我房间的窗帘都会拉起来，当然没风。客厅的窗户大部分都是开着的，空气流通，而且我爸晚上常常忘记关电风扇就去睡觉！”

“唉，看来两个小家伙不来跟我睡觉，都有自己的原因啊！”照护人如释重负地说，原本自己揣测的“是不是因为长大了，是不是讨厌我了”的理由，都烟消云散。

“对啊，只是一个嫌臭一个嫌热，真的都跟你无关。别想他们是不是讨厌你了，真的一点关系都没有。从刚刚沟通下来，我觉得他们都很爱你呀！”我努力安慰照护人。

回去以后，我稍微想了一下这个案子，我想到照护人一开始为了避免迟到、不顾一切换脚踏车赶来赴约。

想来她应该也是那种，如果跟朋友、工作发生不愉快的事情，一定先反求诸己，询问自己是否做错什么的温暖个性。

只是跟动物做伴，就像跟人类做朋友一样，有时候感到对方好像疏远了，先别急着怪罪自己、找自己麻烦。

可能只是环境不同了，导致相处模式的改变。

毕竟环境改变，动物就会跟着改变。而对于共同相处的人，只是变因之一。

例如换工作，原本职场交的好朋友距离拉远了，逐渐失去骂老板的共同话题；有可能见的面少了，一起吃的饭也少了。

距离逐渐拉远，有时候感情转淡，有时候不变。

但是一切尽心，便也无愧。

动物如果有了反差的行为，可以先检视环境是否与先前有差异，感受周遭的噪声是否增多，是否有不同于以往的味道……仔细用自己的感官感受已经麻木的生活环境，也许就会找到答案。

生活乐趣就是霸凌狗室友

如果家里养的动物超过一只，多少会发生些霸凌事件。

通常为了争宠，有时候是为了争食物，又或者是旧的动物纯粹看新来的动物不爽，对上眼就立刻开打。

一般来说，我觉得只要不发生流血冲突，动物如果要打架就由着他们，照护人睁一只眼闭一只眼吧。

因为在动物的世界中，没有“平等”的概念，他们通常是阶级制。打架可以帮助他们确认彼此的阶级高低，一旦位阶确认出来，激烈冲突的情况也会明显好转。（当然，因为分出胜负了嘛！）

但是这次要聊的是专职霸凌家中狗的猫咪——阿丁。

家中除了阿丁以外，还养了两只狗，马尔济斯超人及狐狸犬阿波。

阿丁初来乍到还是只小幼猫时，超人对阿丁诸多忍让。

回想那时，超人说：“因为阿丁还是个幼兽，所以会尽量照顾他一下。”

“那现在怎么都不理阿丁了？”

“他现在都长这么大了，该有自己的生活了。而且他现在太粗鲁了，我不喜欢跟他玩！”

听到这，照护人大笑说：“哈哈哈哈！阿丁的确很粗鲁。夏天的时候电风扇把超人的尾巴毛吹来吹去，阿丁就会冲过去扒他的尾巴。”

没有超人陪玩的阿丁，转而把焦点放在家中另一只狐狸犬阿波身上。

“阿丁真的很爱欺负阿波！而且他最爱在门后或是纸箱里埋伏阿波，只要阿波经过，就会跳出来打他！

“有时等得不耐烦，阿丁还会从门后面探头看阿波，一副‘哎，怎么还不过来’的样子。然后阿波就会咿咿呜呜的，知道过去会被打，但不过去又不行，样子真的好可怜噢。”照护人义愤填膺地描述着。

听到照护人这么认真地指控阿丁，我转头问阿丁：“你为什么都要这样欺负阿波？”

没想到他回答：“因为他是我的玩具啊！”（理直气壮）

“那你不要这样欺负阿波好不好？”

“那我以后要干吗？”（谈判破裂）

看阿波被阿丁这样欺负，我真的很不忍心，所以决定问问看阿波对阿丁的想法。

“阿丁对我来说，就是生活伙伴。”（带点无奈的语气）

“那会不开心吗？”

“不会不开心，因为阿丁就是我的生活伙伴嘛！对了，阿丁大便最近臭臭的，要注意哦！”

天哪，阿波是天使吗？这样子被欺负还会主动关心阿丁！

我跟照护人说，这两个的感情比我们想象中的还要好。没想到照护人说她其实不意外，因为阿丁会跟阿波联手“犯案”，偷零食吃！

“阿丁擅长把桌上的零食丢到地上，然后再请阿波去啃烂，之后分赃。”

“你怎么知道是共同犯案？”

“如果是阿丁自己犯案，零食包装会是一个一个尖锐的小洞，但如果是阿波扯开，就会用‘天女散花大爆炸’似的撒一地。

“有一次我回家，地上只见肉干包装，然后在他们各自的窝里找到零食的残渣（竟然还有剩，到底是有吃多饱），可见是阿丁把零食丢下去，阿波负责拆开，然后他们一起分赃各自享用。”（柯南推眼镜）

我：“阿丁，是你丢下去的吗？”

阿丁：“对啊，难道是阿波吗？把零食扯开这种事情还是要靠他才行。而且那种东西就是很香啊！就是很想啃一下！”

照护人：“你哪只是啃一下，明明就是千疮百孔！”

平常爱打打闹闹，但是到了紧要关头，阿丁又会跟阿波互助合作分赃零食，这是什么？这就是兄弟情呀！

听起来个性很恶劣的阿丁，其实有个悲惨的身世。以下节录自照护人说明：

发现阿丁是2012年夏天某个强台风的夜晚。那天回家时，因为想看看饮料店有没有开，所以走了平时不会走的路。

却也因此在哗啦啦的雨声中，听见一声比一声大的猫叫声。因为一直听到声音却不见猫影，我像拍电影一样把伞丢了，淋着雨到处找他，最后趴着身子、弯着头往斜斜的铁板里面看，和一只蟑螂面对面后，也看到了像小可怜一样的阿丁，瑟缩在铁板里面。

打电话急call姐姐们来帮忙，终于把他从铁板里面带出来。医生说他只有1.5～2个月大，难怪阿丁对怎么来到我们家一点印象都没有。

当时本要送养，却因为从小养到大，发现猫比狗好养很多，最后终究舍不得放手，让他也加入了家里的动物园。殊不知几个月后，他从当年满身跳蚤的小可怜，摇身一变成为奸诈的大胖猫，每天以逗狗为乐。

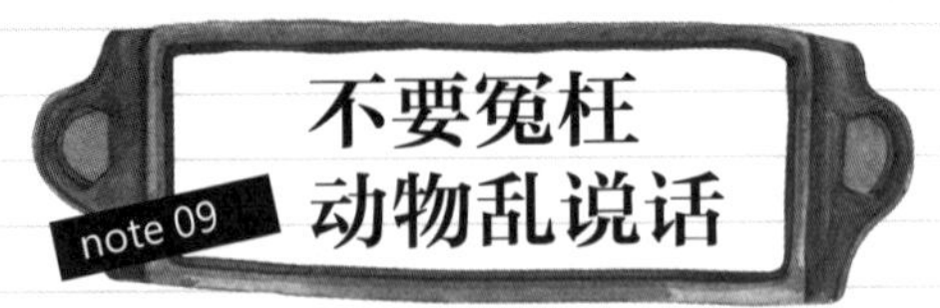

不要冤枉动物乱说话

今天和一只猫聊天，照护人要我问他：为什么昨天要大便在鞋子上？

猫：有吗？有这件事情吗？

照护人：有啊，你少给我装傻！

猫：哦，对啦，有，可是那是因为厕所进不去啊！

我：不要乱讲话啦，怎么可能进不去厕所，难道你的厕所被锁起来不成？

猫：真的啦，我真的进不去啦！

我：呃……你家猫说因为他进不去厕所……（语气小声带心虚）

照护人：哦，有可能！因为我那时候正在清猫砂……

我：那他有表现出很想上厕所吗？

照护人：有哦，他那时一直喵喵叫。我没想到他是想大便，竟然还憋不住，就给我便在鞋子上了。好啦，我以后会记得喵喵喵喵喵一直叫，就是你想用厕所。

所以，我要罚写：我以后不会乱质疑动物说的话。

因为他真的没有乱说话啊！

有时候我都会忘了自己只是中间翻译的媒介角色，毕竟动物与照护人之间私密的生活是我没有参与的，就算动物说出再特别的事情，照护人常常就会“噼里啪啦”地立刻了解了，所以身为动物口译员的我，真的不该加上自己太多的臆测呀。

动物对时间的定义和我们不一样。例如有些狗会说“好久”没有去草地跑跑或是吃肉了，照护人都会大笑说明明上周 / 昨天 / 前两天才去过或吃过，然后狗狗就会义正词严地跟我说那就是很久啊！

爱因斯坦说得果然没错，期待会让时间感加长呀！

story 23

名字对猫咪的重要性

要给猫取名字很难，或许确实说得没错。不如说，取名字本身就算简单，但附随在那名字上的东西，有时却会变成拥有不可思议重量的事情。

——《村上收音机3：喜欢吃色拉的狮子》

知名漫画《航海王》中，有位女角的名字叫作女帝蛇姬汉考克。

个性极其高傲，视天下人如粪土，但高傲的程度也与美貌的程度成正比，所有男人看到她莫不倾心以待。

有只美丽的白猫就取名为汉考克，也的确猫如其名，自我感觉，嗯，霹雳良好。

跟汉考克照片一对上眼，她劈头就跟我说："我是全家最美的猫咪（家里共有6只猫），你看我的尾巴好美。"然后在我眼前挥舞。

"我的尾巴一定随时都要在我的视线范围内，我绝对不允许它乱挂，一定要包住我自己！（洁身自爱）

"家里高的地方可以再多一点吗？我习惯在高高的地方看大家。（俯视众生）

"我不跟其他猫咪玩的，我不屑跟他们一起玩！"（遗世独立）

"啊对了，可以问汉考克一件事吗？"一旁毫不意外听着汉考克自恋宣言的猫奴说。

"我怀疑汉考克只给漂亮的人抱。有很多男生抱她，她都会打人，但有一次，只有一次，汉考克让一个真的很帅的男生抱，她竟然乖乖地在他怀里依偎了约15分钟，而且我还怀疑她有脸红！"

"那女生呢？"

“也只有一个女生可以抱她。那位女生人很好，一直讨好汉考克，相貌也算不错。”

天哪，汉考克难道是美丑残酷舞台吗？这样抱你岂不是压力很大，随时会被喷干冰出局！（猫奴泪：我也都是被推开的份儿。）

问了汉考克后，她说：“没有啊，只是这些人味道都很好，闻起来好舒服哦！”

我与猫奴百思不得其解，后来我们共同解读出，这也许是汉考克对所谓“费洛蒙”的着迷？

“这么说来，汉考克唯一给抱的一男一女的共同特征，的确都是异性缘很好……”

所以谜底揭晓，汉考克最喜欢被正当盛年、费洛蒙很强的年轻男女抱哦。

“还有一件事情想麻烦汉考克，就是可不可以不要吃饭那么快，常常吃完都会吐！

“她‘每一次’都是‘倒退呕吐’，边吐边后退，一吐完就跳开，很明显就是怕呕吐物溅到自己身上！”

问了汉考克以后，她说：“我吃饭就是这个速度啊，而且很多猫聚在一起吃饭，很烦耶，我不喜欢大家靠那么近一起吃饭。”

“才怪！她找借口！她一直以来吃饭都是这个速度，有没有别的猫一起吃饭都一样。”照护人嘴上骂着，眉头却不自觉地紧锁，“唉，真的没办法改善她吃饭的速度吗？”

后来再问汉考克，汉考克说：“可以把碗放到跟我的脸一样高吗？这样吃饭，头就不用很低，而且比较不会弄脏胸前的毛，我就不用吃完饭后一直理毛。”

“所以说到底还是以漂亮为出发点就是了，好啦好啦，碗放高一点是不是？我们再想办法。”猫奴认命地说。

“说到吃饭，汉考克吃完饭就会在家里以名模走台步气势一直走，我都想问她这样走不累吗？”

汉考克：“这样才不会胖啊！”（理所当然）（Leslie补充：的确，很少数的猫会有胖丑瘦美的观念，例如后面会聊到的噜噜。）

“对！Leslie，你知道吗？汉考克真的超瘦的，从来都没吃胖过，这孩子到底是有多爱漂亮啊？

“是想瘦到像Kata Moss吗？那该不会吃完饭经常吐也是模仿名模的催吐病吧……”

结论是，帮猫取名字真的很重要啊，你看叫汉考克就会养出这样的猫咪。我跟猫奴说如果想改变汉考克的个性，不如叫她美环吧！（莫名的结论）

以前看日本漫画写到“言灵”，意思是所有语言都有其灵魂。我个人觉得名字就很像“暗示的咒语”，每天叫就像每天下暗示。我有个男性友人养了只柴犬，他说：“因为他什么都不会，所以叫废柴。”

结果这只狗不仅什么指令都没学会，而且乱便溺、乱咬东西。我说：“一只狗都叫废柴了，你还期待他对自己有什么期许？他现在大概就是那种觉得自己被全世界抛弃、只能自暴自弃的少年吧！”

story 24

残酷却令人成长的爱

流鼻血和强壮两只猫咪几乎是幼猫时期就与成年母猫捡到宝一起生活。

捡到宝9个月大时，照护人先捡到强壮，带回来给捡到宝照顾。

隔了5个月，又带了一窝幼猫回来给捡到宝照顾，最后，一窝小猫中其他小猫都被送到新家了，只留下流鼻血收编。

流鼻血跟强壮不是捡到宝生的，但从小就跟捡到宝一起生活，大致上，也可以解读为捡到宝是他们的奶妈吧。

捡到宝是虎斑猫，眼神泄露出她有一点倔强的个性，精明又充满生命力。

弟弟流鼻血也是虎斑猫，活泼、外向、冒险、积极、富好奇心，对任何人、事、物都充满兴趣，活力四射。

哥哥强壮敏感谨慎，全身黄澄澄的毛发蓬松柔软，圆脸，有点敦厚的样子。

强壮是典型的猫咪个性，慢熟胆小，每天都想黏在捡到宝的身边，形影不离。如果家里有客人来，他一定以媲美火箭的速度潜入家中的暗处角落，客人不离场绝不出来。

后来流鼻血因为意外离开，家里就只剩下人类姐姐、捡到宝，还有强壮一起生活。

照护人想问：为什么捡到宝现在不喜欢强壮靠近她了？以前强壮小时候，捡到宝都让强壮赖在她身上。

“捡到宝真的好宠小时候的强壮，好宠他好宠他。有次我捉弄捡到宝，把强壮藏在棉被里，害捡到宝以为强壮不见了。

捡到宝还迁怒旁边的狗（家里还有养狗），半夜将狗打得哇哇叫。

“后来我赶紧掀开棉被，给捡到宝看强壮没有不见，但她还是不解气一直追打其他的狗。最后我只好半夜3点带她去地下停车场散步消气。”

可是现在完全不是这么回事。

“捡到宝现在完全不让强壮靠近。只要强壮想靠近、舔毛，捡到宝就会哈气哈好凶。”照护人感叹道，好像大江东去浪淘尽，昨日种种如黄花落的感觉。

我问捡到宝：“哎，你忘记强壮是你一手带大的吗？干吗现在都不理他啊？”

没想到捡到宝回我：“没有啦，小孩要长大啊！每天黏着我怎么可以。强壮太黏我了，什么都想跟着我。但我想要他独立勇敢，像流鼻血一样敢于面对挑战、活泼接受各种有趣的东西。”

啊，原来是母猫逼小猫离巢的本能是吗？

记得曾看过书上写，母鸟为了逼小鸟离巢，到了小鸟长大、已能盘踞鸟巢一方时，就会减少喂食，甚至不喂食，逼小鸟飞离巢觅食，抵御天敌。

很有种就此两袖清风、互不相关的意味。

猫咪是狩猎型的动物，Discovery频道也经常播放母狮、母豹教导幼子打猎的情境。

我想着，也许猫咪有类似逼迫小孩离巢的本能，不过因为捡到宝与强壮还是生活在一个家庭，捡到宝只好用“拒绝让小孩撒娇”来逼强壮独立。

“反正我就是希望强壮别那么黏我，要自己多多探索这个世界。

“而且强壮一直像个小孩就是因为姐姐一直溺爱他。”

传达完捡到宝的想法后，照护人表示一点都不意外，还跟我补充捡到宝对家里的人要求也很严格。

“有时候我哭，她会静静地靠在身边安慰我，但有时候她会冷眼地看着我，好像在说‘有什么好哭的？’”有点委屈的照护人抱怨道。

“噢，这有趣了，为什么有时候不安慰有时候安慰呢？”我问捡到宝。

捡到宝说：

“如果是因为自己不说、不反抗而感到委屈地哭，不用安慰。

“如果不是自己可以控制的原因而哭的话，可以稍微地安慰。”

刚听到这段话，我内心一阵疑惑：动物怎么会知道我们的“哭点”？

后来我想，我都能跟动物沟通了，或许动物也有某种频率，去理解我们的情绪吧。

却道无情还有情，大概就是描述捡到宝的个性吧。

就像老鹰推小鹰下悬崖，逼他学会飞翔。

其实捡到宝一直用她的方式关心身边的人，也许表面很严厉，但出发点都是爱。

约半年后，照护人来信。

Dear Leslie，

自从沟通后，我觉得捡到宝对强壮的态度改善了一些，尤其晚上睡前我抱她上床后，她会一直抬头等强壮来帮她舔脸，舔完之后才愿意睡。

据我对动物行为的了解，猫咪的舔舐行为是上对下。某种程度上，捡到宝有点认同强壮是“大人”了是吧？呵呵。

而强壮过完年之后也变得勇敢一点点了，现在散步遇到警卫巡逻也很自在了。希望可以越来越进步。

家里原本感情好的两只动物，突然感情变差，根据我的经验通常有以下几种情况：1.其中一只最近刚结扎；2.母想逼子离巢独立；3.最近有外敌（别的动物、新的家人）等环境变迁，让动物把“对新事物的敌意”迁怒到彼此身上。

知道有人爱你

“知道有人爱你，永远是件温暖的事情。”

我很喜欢的美国电视剧*Friends*（《六人行》）里面的女主角Rachel Green，曾说过一句我很喜爱的话：

It’s always nice to hear that somebody loves you.

不管何时、何地，知道有人爱你，永远都是件好事。

今天我们全家去扫墓，回程时，姐姐发现两只黑白色系的小土狗，大概2个月大，在别人家的墓地上鬼叫。

一开始我们以为是饿坏了，所以赶紧把祭祀用的供品打开想给他们吃。

没想到小鬼头叫得更厉害，其凄厉惨烈的哭喊，响遍整个山头。不用动物沟通，我都能解读出他们正哭破喉咙叫妈妈来救援。

“应该是觉得我们很可怕吧，这里应该见鬼不恐怖见人才稀奇。”姐夫开玩笑地说。

再走几步，我们又发现了一只吓得发抖的瘦弱小狗。

“啊，原来有三只。”

“这里还有一只！但好像已经死了……”我忘记是我哪个姐姐（我有三个姐姐）发现的。这是一只很瘦弱的小狗，瘫软在那边，身体上面还有些，嗯，虫。

比起其他三只，他的体形约只有一半大。

“应该是先天弱势，被妈妈选择性淘汰的小狗吧。”

后来我们听到不远处有成犬的吠叫声，再不久看到附近有只成犬很焦虑地在徘徊。

我们几个姐妹稍微开了个会，结论是：幼犬留在原地，这边是墓地会有许多供品以及专业的打扫人，应该不至于挨饿。我们狠心没搭救几只幼犬，反而把瘫软在一边、已经先一步离开的小朋友带走。

“至少带他去安乐园，不要在这边暴尸。”没带走生的，却带走死的。我们的选择似乎有点奇怪。

然而走到一半，我们发现塑料袋在动，里面有雾气！

“天哪！他在动！他有呼吸！他没死！他没死！”

收起他的时候，他的身上有很多大蚂蚁正在啃咬他，还有一些白色的虫在上面蠕动（请原谅我不愿打出那个字）。大自然都以为他被淘汰了，但没想到，他尚存生息。

我们火速把他送到了医院，检查结果是失温、低血糖、耳朵有蛆，然后给他打点滴，用吹风机回温，再清洁耳朵和眼睛。

然后，我们等消息。

“你今天就发她的信息上Facebook，每天更新的话大家对她有感情，应该会比较好送……”

“是只母狗耶，还是姐姐你留下来养吧？”

“不知道她会长多大，台湾土狗应该都挺大只的，我家放得下吗？先送送看啦，送不出去我再收编。”

“哎，大姐，医药费让我全出啊！”

“先救活再说，钱的事情最后谈……”

那个时候真的感受到对生命的期待，我们编织着对未来的好多想象。

下午接近2点，我接到医院的电话。啊，医院打来，会有好事情吗?

眼耳和直肠会阴处都是白色的虫，连大自然的虫虫都认为她已经走了，但经过急救后，她最终还是离开了。

嘿，小朋友，因为你的鼻子白白的，就让我们叫你白鼻心吧。

你这次选的身体不是很好用，所以你的妈妈把奶水给别的兄弟姐妹了，但没关系，我们爱你。

温柔的护士姐姐帮你把坏坏的虫虫都赶走了，你可以干干净净地在温暖的电毯上去做小天使了。

It's always nice to hear that somebody loves you.

你的妈妈给你的爱不够多，不够让你生存下去，没有关系。

白鼻心，你还有我们爱你，最后一点点小路，我们陪你走过，陪你一起毕业。

没有妈妈跟兄弟姐妹，还有爱管闲事的人类阿姨陪你。

我们爱你，不要怕。

我们爱你，虽然只是一下下，虽然很短暂。

但我们千真万确地有付出扎扎实实的爱给你吧。

希望你可以带着我们的爱跟祝福走哦。

下次，选个健康的身体，不要再当流浪狗了。

根据统计，流浪猫狗的寿命平均只有3～5年，通常会因车祸或天敌而提早毕业离开。在路边如果遇到已经去当小天使的猫狗，建议可以送到就近的动物医院，请他们帮忙火化处理，些许费用，就能让动物在生命最后的旅途感受到温暖与爱。

很多人都很羡慕动物的活在当下。

觉得动物不会被未来太多的恐惧担忧限制，不会因过去太多的纷扰而裹足不前。

认为我们都该跟动物学习活在当下的艺术。

掌握现在。

我觉得这样的说法，正如世界上所有的事情有其正面也有其反面。

你有想过为什么动物如此活在当下吗?

建议你跟着我以下描述的情境想象自己的处境。

“被绑架了。”

“真希望那个人今天不要打我。”

“今天他让我出去晒了10分钟的太阳，真好。”

“最近他都拿过期的便当给我吃，真想吃新鲜的青菜。”

“可以不要被关在地下室吗？哪怕有一点阳光也好。”

其实这就是当一只宠物的心情。

一切只能顺其自然，任由命运或人类主宰。

当一只宠物，对于所有现况完全无能为力，那感觉就是被绑架，一切端看绑架你的人是宠爱你或虐待你。

这种想象是否很可怕？很陌生？

那是因为你已经习惯控制自己的生命。

你习惯决定明天吃什么便当、要吃多多青菜或少少排骨，决定明天出门要晒太阳还是坐捷运躲避骄阳。

决定自己要跟谁在一起、和谁生孩子、做什么工作、成为什么样的人、过什么样的日子。

但如果，想象一下好了，只是想象一下，当你从出生就是被绑架的境况，你很难去规划未来或回忆过去，因为现在！现在！才是你唯一能感受和掌握的。

但人之所以为人，我们有别于任何宠物或动物，就在于我们有力量改变自己、改变未来、改变现况，人的心灵力量是很大的。

“Change your thoughts then you change your world.”改变你的想法，你就改变了你的世界。

像动物一样活在当下是很单纯又幸福的选择，但是当人更幸福、更棒的是——我们永远有扭转现况的力量。

我想也许我在谈的，就是人的自由。

活在当下是一件很美好的事情，但是用心规划明天、掌控自己的人生也是超棒的事情啊！因为我们是人，只有人才有能力这么做。

story 26

即使不再睁开眼睛，你愿意动手术吗？

许多生病或年迈的伴侣动物都不吃饭，让人在旁边好着急。

“真希望你多吃一点，哪怕多吃两口也好。”

“不吃饭怎么有抵抗力？病怎么会好？再吃一口吧！”

这时候我会尽量协助沟通。获得的不吃饭的理由也千奇百怪。

我碰到过猫跟我说：“嘴巴好不舒服，吃东西会痛。”（结果检查后发现牙龈溃烂。）

我碰到过狗跟我说：“上厕所好不方便，自己会变好脏，干脆减少喝水就不会想尿尿。”

也有单纯嫌弃食物难吃的。

幸运的是，在主人调整后，约八成的动物的进食意愿会大幅改善。

坦克是只出过车祸、动过几次骨盆修复手术的猫咪，问他为何食欲不强，他给我看了像海底鸡一样的白肉，但底下有很多油腻的汤汁。

坦克：“这个好吃，我想每天都吃这个。”

照护人：“这个是你最近吃过的吗？”

坦克：“没错。”

照护人带笑地说：“他可真识货，那是一种快50元一瓶的罐头……唉，如果他喜欢吃，没关系，钱可以再赚，我买！”

坦克：“还要你用汤匙喂我哦！”

照护人：“对，他有时候不吃东西，我都会这样喂他，他要这样才肯吃吗？”

坦克：“对，这样肉汁才不会沾到我的脸跟前胸，我才不用花力气洗脸舔毛。我现在很不方便耶，而且必须你喂哦，别人喂我不要。”

照护人：“好好好……我会亲自用汤匙喂你。”

其实照护人找我，还想询问另一件事情——坦克对于开刀的意愿。

照护人说，坦克是去年4月底上班途中抢救的车祸猫，经过几次大大小小的骨盆修复手术后，还是没有修复成功，每日得仰赖软便剂协助排便。

“坦克的个性称不上亲人，对人类示好的动作也没有。隐约间透着善意，却可以明显感受到他的心情低落……”

我问坦克：“怎么，你没有很喜欢照顾你的人类吗？”

坦克：“还算喜欢他们，只是我不习惯跟人类太亲近。”

“那怎么最近心情都很低落呢？”

“因为身体不舒服啊。我以前可以跳到高高的墙上，看人走来走去，想去哪儿就去哪儿。现在这些事情都做不了了，我好气。

“对了，我不喜欢现在的厕所，下面的砂子一碰到我的尿就会散开、沾得我满身，搞得我宁可少吃点东西少喝点水，这样就能尽量不要去那个讨厌的厕所。”

坦克一口气说了好多对现在生活的抱怨。我想，曾经自由自在的他，对于现在不舒服的身体想必有很多怨言需要一吐为快吧。

“好，这些我都帮你想办法，但是，如果你的身体要再动一次手术，你愿意吗？”照护人小声地试探坦克对于自己身体自主权的意见。

“如果手术能让我恢复到以前那样，那么我愿意。”坦克几乎是毫不犹豫地回复。

“那如果手术不顺利，你可能就会永远地睡着了，也可以吗？”

“若是在手术过程中我就这么睡着了，也总比现在这样生活好。”坦克斩钉截铁地说。

我有提过吗，刚开始跟坦克联机的时候，没有很顺利。因为问他话，他总是有一搭没一搭地回，直觉告诉我他是一只很骄傲的猫咪。但我没想到，面对生命的质量，他也有其无法抹灭、不愿屈服的倔气。

半年后，照护人来信：

坦克现在非常好，虽然依旧无法摸到他，但至少他肯坐在外头看我们工作、活动。

询问动物对于开刀的意愿，大部分动物都是不愿意的。不管是年纪轻的动物结扎或是年纪大的动物因为病痛需要开刀，他们都像小孩一样，对于要看医生、动刀感到恐惧。身为照护人的我们就像父母，还是要扛下为他们做决定的责任。

story 27

乱尿尿，竟然是因为误信『邪教』

跟毛孩子一起生活，最让人痛苦的问题就是乱便溺。

乱便溺除了散发恶臭，光是洗棉被、洗床单的地狱苦果就有得你好受了。

撇开一些公狗公猫克制不住撒尿做记号占地盘的原始本能，乱便溺通常都是带有情绪性的问题。

生气照护人出门、生气照护人太晚回家、生气照护人一连几晚不回家，都有可能是动物耍脾气乱便溺的原因。

这次要聊的Emma也是这样。

Emma有个坏习惯，那就是只要妈妈出门，就会乱尿尿。

“你们家是木头地板吗？深色的，我看到她尿在深色木头上。”我说。

“我们家是大理石地板，但Emma都会尿在桌上，桌子是木头的，你看到的画面没有错。”照护人和我确认。

啊，只要妈妈出门就会乱尿尿吗？应该是想表达生气的情绪吧。我这么猜想。

结果Emma回答：“我觉得只要我不尿在厕所里，妈妈就会比较早回来。”

？？？？？？

再次跟Emma确认，她的意思是：尿在外面＝妈妈就会提早回来清理。

“而且我就要尿在明显的地方，妈妈才会注意到。”Emma还补枪说明。

说实在的，这种原因，我想任凭照护人看多少宠物书籍都不会知道啊，还是得靠动物沟通才能知道其真实动机。

照护人惊讶地说：“经你这么一说，的确我常常回家擦Emma的尿，都是一小摊，不像是‘真心’的尿尿，而且有时候尿还甚至是温的。天哪，Leslie，可以麻烦你跟她说，她误会了，妈妈回家时间跟她尿在哪里真的一点关系都没有！”

我尝试跟Emma传递这个想法，但发现她无动于衷。

“我觉得这部分有点难靠沟通传递。信仰这种事情很难说服，因为搞不好真的有几次她尿尿了，你就回来了，所以很难扭转她的印象。”面对谈判无动于衷的Emma，我有点丧气地这么说。

“天哪，我的猫误入屎尿‘邪教’了，怎么办？”（擦白花油按太阳穴）

“我建议以后回家，如果又看到Emma乱尿尿，就先把她隔离，别让她看到你在清理尿，然后用最快的速度清理好后再放她出来，放出来后也别骂她，一切冷处理。我觉得现在最重要的就是把你回家跟她乱尿尿这两件事情的关联降到最低。”

既然是“邪教”的问题，我直接想到的就是从破除信仰开始。

猫咪跟人类一样，都是经验法则的动物，连续几次让Emma发现主人回家跟自己尿尿一点关系都没有，打破之前她对乱尿尿＝妈妈就回家的认知，“邪教”应该也就自动瓦解了吧！我打着这样的如意算盘。

“唉，好吧，也只能这么做了，还好另一只猫Dino不会学她，如果Dino也加入‘邪教’我怎么办……”（明显为忧心的母亲）

某天下午茶和朋友聊到这个个案，朋友笑说：“难道不能请Emma的妈妈干脆彻夜不归吗？就跟Emma拼了啊，看是你尿得多还是我回家得晚，让她知道一点关联都没有！”

我：“这好像也是一招，但我怕Emma的妈妈回家要面临屎尿地狱，而且Emma搞不好还会演变成‘原来我要尿这样多妈妈才会回家’的误会。”

Emma啊Emma，快从“邪教”中醒悟吧！你的妈妈很忧心啊！（左手背拍右手心）

持续冷处理1个月后，Emma妈妈来信。

Dear Leslie,

Emma似乎脱离屎尿“邪教”了！冷处理屎尿问题果然奏效！

每天回家看到的都是她开心的模样，满足他们所有的愿望。也发现Dino爱吃生鸡肉像我爱吃生鱼片一般，谢谢你的帮助，祝你兴盛繁荣！

动物乱便溺，我通常都建议冷处理，但是如果尿对地方要给予连续的奖赏。

以前我还不会动物沟通时，有一阵子加班每天都很晚回家，那时候Q比就养成爱在门口乱大小便的坏习惯。我的对策是一回家看到大小便就先把Q比放到厕所隔离，不让她看见我在清理大小便，然后迅速将她放出来。（越快放出来越好，免得她以为乱大小便＝主人会回来处罚我＝主人早回家。）

放出来后也冷处理，但如果我看到她在尿布上尿尿，就会狂给零食鼓励。持续约半个月后，Q比的乱大小便症头也就不药而愈了。

啃啃咬咬，羽毛都掉光啦！

鸠鸠跟关关是两只好美的蓝太平洋鹦鹉，但照护人写信给我的时候，巨细无遗地叙述他们家的鸠鸠会不断啃咬自己的毛。

Leslie，您好。

我有两只小型鹦鹉，半年来一直咬毛，看了三次医生无效，阅读好几本鹦鹉饲养书也无效，买一堆玩具也无效。

现在两只都已经咬得像烤鸡了。（大哭）

网络搜寻后想预约您的动物沟通，试试看能不能直接问他为什么要咬，因为医生说这种情况比较像是被吓到后产生的没安全感行为，但我想不到他们是被什么吓到啊！

拜托你，医生一直警告我没羽毛的鸟会很容易生病，所以他们现在都被我禁止去阳台吹风，每天都无精打采地待在家里。

我记得那天，我们约在咖啡厅碰面，甫坐下，照护人就拿出羽毛都已被拔得光秃秃的鹦鹉照片。

第一次见到鸟儿丰美的羽毛都被拔下的画面，如果不是照护人事先说明，我会以为这两只鸟过着严重被霸凌的日子。

第一次见到羽毛的根部，像是一个小洞。如果勉强形容，有点像是粉刺挤出后，肌肤表面留下的小洞。

关关的状况还行，身体羽毛尚完好，除了头部以外，都还可看到丰润漂亮的鲜艳色泽，匀称的腹部，让我想起梁实秋的鸟：减一分则太瘦，增一分则太肥，曰秾纤合度。

只是关关的头部，已被鸠鸠修理得差不多了，而鸠鸠，则是“嘴巴可触及范围”都已了无残毛。

带着点忧心跟疑惑，我发问：“这样子啃咬自己的羽毛，鸟不会痛吗？”

照护人皱着眉头说明：“我询问过医生，鸠鸠这样理毛，有点类似人类一直狂梳自己的头发，不会痛，如果会痛至少还会住嘴吧。（叹）但就是感觉他的精神状况很不佳，让我很担心。”

“你第一次这样啃咬自己的羽毛，是什么时候，什么原因呢？”我试图放低放柔声音询问鸠鸠，因为他看起来双眼圆瞪，好紧张的样子。

“我在阳台玩，有一只好大的鸟扑过来！追杀我！我好害怕地躲起来。

“但现在不啃羽毛，变成没事情做了，好无聊！”

我把看到的阳台画出来，确认格局无误，但我跟照护人都感到很不解：“都市哪来的大鸟？”

“至多也就是些斑鸠、麻雀之类的小鸟吧。”我内心嘀咕。

问另一只鸟关关，关关却说没有印象有这回事。

“我们常去阳台玩呀，但有时候会有比我们大的鸟来吃我们的食物，不过他们没有要杀我们呀。”关关冷静地提供证词。

双方两套证词，经历一样的生活，却有不同的证词与说法。

努力再询问鸠鸠更多的细节，也只得到“有大鸟想要杀我，我好怕！”的跳针式回应。

仔细咀嚼，思考后，照护人回想：“鸠鸠平常就很胆小，什么事情都容易让他紧张，一定是因为吓到不行，把斑鸠巨大化，人家只是想要来分享点鸟食，他却说要杀了他。”

先把动机厘清了，下一步，我试图询问鸠鸠：“现在、以后都不会有大鸟攻击你了，可不可以不要再啄自己呢？”

“我觉得现在好无聊，不理自己羽毛不知道要干吗。

“我曾经看到过有个箱子，有好多洞，可以给我那个让我钻来钻去吗？（看起来有点像蜂巢）

“我曾经吃过一个多角形的东西，啄它就会掉出好多黄色的小碎屑，好好吃，可以给我这个吗？”（看起来有点像玉米梗）

这下换我头痛了，因为我从没养过鸟，所以鸠鸠丢出的画面，我只能靠我拙劣的绘画技巧把它画出来，并努力形容大小、光影跟玩耍互动的方式。

但即使是这样，我与照护人也像是鸡同鸭讲，花了好长时间厘清鸠鸠到底形容的是什么“鸟玩意”。

后来答案揭晓，可以钻来钻去的洞是一种特殊的木造鸟巢，可以让鸟儿享受钻进躲出的乐趣。

多角形、可以掉出很多黄色碎屑的东西是一种穗条，可以让鸟啄着吃。

“只要有这些就可以不啄自己吗？好啊好啊！我

立刻去买回来！”

后来听说照护人一次买了8根稻穗条。

我也给了照护人一些能帮助安抚动物情绪的建议，例如在家说话时尽量别焦躁大声、出门前可以放爱乐电台的音乐（莫扎特尤佳）。

隔半个月后，去信询问。听说，鸠鸠已经不咬关关的毛了（虽然还是会啃咬自己），但我想，从把室友理成秃头到只拔理自己才半个月时间，对鸠鸠来说已经是很大的进步了！（用力鼓掌拍拍手）

动物会因为紧张或是压力而舔毛或啃咬自己的羽毛，猫、狗、鸟都会，定期补充玩具还有更新玩具种类，给他们的生活找点事情做，可以相对降低啃咬自己的概率。

不愿看镜头

note 11

很多照护人都想问："为什么我家毛孩子不爱看镜头？"

沟通后大部分动物都说："因为那个东西对着我让我很不舒服！"

更进一步还会补充说，那个奇怪的东西，还会越靠越近（可能照护人想近距离取镜），哎哟，真的很不舒服耶！

不管怎么沟通、怎么引问答题，动物都只给出三个字——不舒服。

我想了很久，想到以前曾在Discovery看过的理论。

你一定有过"哎，好像有人在看我……"的经验。

转头过去确认，有时有人，有时没有。

其实"被注视"是动物求生机制中很重要的一个本能第六感。

因为被"专注且长时间地注视"，通常代表大事不妙，你很可能成为天敌的大餐。

想象母狮打猎进攻前，是不是都匍匐在草地上，专心地盯着猎物看？

所以被注视，对动物来说，通常代表不安与恐惧，这是很自然的本能联结反应。

很多人都会问我："为什么我家的动物看到镜头就要躲开？"我想原因应该是这个。（这是我自己的推论，因为每次沟通的结果都只有一个答案——不舒服。哪里不舒服又讲不出来。）

我想对于还保有本能的猫狗，镜头可能是一百倍强度的集中注视。

至于一些可以面对镜头的猫狗，我的推测是：

1.这个本能跟人类一样退化了。（笑）

2.经验告诉他镜头不会带来威胁，所以他可以选择忽视不安感，渐渐习惯镜头。

有些动物实在拍不了照片，我就跟照护人开玩笑地说："不然下次你就拿几片树叶遮盖自己，在家中比照野鸟协会拍照的规格待遇，保准你拍到完美照片！"

想要让动物面对镜头，最有效的方法就是拿零食在镜头上方晃啊晃，保准有用！

story 29

爸爸的怀抱，全世界最棒的地方

有了小孩以后，父母也常常跟彼此吃小孩的醋。

哎，怎么女儿看到你回家都缠着要抱？看到我就结屎面？

怎么儿子出去，比较听你的话，我叫就沉浸在自己的世界玩耍不理我？

通常儿子黏妈妈，女儿缠着爸爸撒娇。

该说这是异性相吸的动物本能吗？

都说女儿是爸爸前世的情人，那我想今天聊的这只猫森妹，也是爸爸前世的情人，然后今生还投胎来当猫小三。（误）

森妹是只漂亮的虎斑波斯，毛色由深浅的咖啡色糅合，阳光下，漂亮的长毛会隐隐飘逸并带着亮丽的光泽度。

从照片中就可以看得出来，森妹是只在充满爱的环境下生活的漂亮猫咪。

“我想问森妹比较喜欢我还是我老公？”坐在我对面的照护人，从神情看来没有一点犹豫或是期待，似乎内心已经有底了。

我看到好多缠绵悱恻的画面。

别误会了，不是对座这位照护人跟她的德籍老公的，是德籍老公与虎斑波斯森妹的。

森妹被爸爸抱在怀里，一只猫掌还抵着爸爸的胸膛，森妹用充满爱的眼神向上望着爸爸。

森妹与爸爸一起侧躺在床上，灯光昏黄，脸对着脸，爸爸轻轻慢慢地揉抚森妹，并细细小声地呢喃。

森妹卧坐在爸爸的大腿上，尾巴轻轻地摇摆着，一晃一晃的，享受着爸爸的体温与二人世界。

我再写下去会觉得自己像在写言情小说，但是真的不夸张，一跟森妹提到爸爸，尽是丢出一些浓情相对、拥抱、抚摸的画面。

像是世界如果只剩下一个人，如果这个世界即将要毁灭，但是、但是，只要跟着爸爸，都没有关系。

叙述完毕后，照护人略感不公地问："那我呢？森妹很爱很爱我老公，我不意外啦，但是画面里都没有我的存在吗？"

我回头问了问森妹，她还是一股劲地诉说她有多爱爸爸。

逼得我只好说："呃，你也很重要啦，他也爱你。你知道，在一部爱情戏里，女配角也很重要……"

确定了森妹心中最重要的人，我们转问一些生活问题。

讨厌吃罐头，因为："觉得所有的罐头食物都有一种怪味，人类都不觉得吗？"

照护人立刻笑说："我们又没吃过当然不觉得，而且其他爱吃的猫咪也不觉得啊。"

但我推测可能是金属的味道让挑嘴的森妹有意见，所以建议照护人改煮鲜食给她吃。

嫌弃家里吵，因为："家里那两个小男生老是在哭闹尖叫，真的很想找个安静黑暗的角落躲起来。"

"唉，没办法，我也觉得吵呀，家里有两个10岁以下的小男孩，当然吵。你有比较喜欢哥哥还是弟弟吗？"照护人进一步追问。

“一个对我比较温柔，会抱着我用脸磨蹭我，这个喜欢。

“另一个很烦，我都已经打他，叫他不要再闹我，不想跟他玩了，但他还是一直一直来，很烦耶！

“不过算了，这两个人在我生活中不是那么重要啦，还可以忍耐。”

森妹好像抱怨累了，自顾自地说。

喜欢在窗台边看鸟。“可以常把窗户开着吗？”森妹要求。

“那你对生活还有什么要求吗？”照护人声音放柔，像是森妹就在眼前一般轻声询问，那温和宠爱的语气，仿佛森妹是她的另一个女儿。

“请爸爸一直抱着我，要横抱在他胸前，让我的一只手可以搭着他的胸，我想要这样睡觉，一定很舒服，请他不要把我放下来。”

巨细无遗地叙述完姿势后，森妹就不说话了。

“天哪，看来我在你跟我老公的爱情戏中，真的一点戏份都没有耶！”照护人笑着说。

“如果你们家所有人做金字塔排列，你、你老公和你两个儿子，我想你老公是森妹心中的塔尖，一切之上。”我下了批注。

想跟家中的伴侣动物拉近距离，我最常推荐的做法就是“敌不动，我不动”。

不强迫动物靠近，让他自己来亲近你，常打赏零食或是由你来负责三餐喂食。用食物讨好动物，效果就跟拿零食讨好小孩的道理是一样的。

story 30

想要我们一直在一起，不分开

“你们最近有搬家或是熊妹有换地方住吗？”一如往常，我画出家的样子与照护人确认。

因为我发现，最近刚搬家或是换过很多地方住的动物，对于给出家里格局多少会有误差。

不夸张，我就曾碰到过一只黑色长毛腊肠狗把新家和旧家对半拆开合在一起给我看。

所以，如果动物常常换地方住或是刚搬家，我通常就不画家中格局了，改问其他生活细节来确认联机有没有成功。

“的确是有搬家，不过熊妹搬到这个家也一年多了。”照护人回溯记忆。

“那我问问熊妹，等一下画给你看，可是如果画的跟现实不符，你就……当没看到好了。”（尴尬笑）

我很没把握地先给照护人打预防针，还好照护人也贴心地答应了。

画出来了，几乎百分百的正确。

“熊妹给你看的地方是我家客厅，她平常最爱趴在电视前面这块空地上。Leslie，应该是有联机成功哦！”照护人表情很兴奋。

“其实熊妹是我去年才接手照顾的，但是她来我们家后有一天，竟然自己千里迢迢跑回之前的家，那真的很远，我都快吓死了。

“我想问熊妹……是不是很喜欢以前的家？想回到以前

照顾他的人，也就是我前男友那边生活？”照护人语带尴尬地说出想问熊妹的问题，因为，嗯，现任男友就坐在旁边。

照片中的熊妹有着像小精灵般尖尖的耳朵，左耳朵有点垂，右耳高高立起，眼睛浑圆，毛色金黄，是个看面相就知道一定很聪明、很会撒娇的米克斯犬。

“那个时候，我觉得这不是我家，我为什么要住在这里？所以一心一意很想跑回自己的家。”熊妹就事论事地回答。

没想到语落，照护人的眼泪也跟着落下了。

“怎么了怎么了，你怎么哭了啦？你不要哭啦，你哭，我也会跟着哭。”我自己都听到自己语气中的着急，生怕是自己哪里做错了惹得人家大哭。

“不是不是，我只是很心疼熊妹，然后心里也有点难过，因为她真的没把这里当自己家……”照护人边说边擦眼泪。

“应该也不是吧，我想熊妹指的是那时候，因为我们是问她‘那时候’为什么要跑回以前的家啊。而且这也不代表熊妹讨厌这个家，这有点类似小朋友去阿嬷家住，即使很爱阿嬷、很喜欢阿嬷家，但终究也不是自己家，会想回自己家啊。

“而且，我刚刚问熊妹：‘你家是什么样子？’熊妹不是立刻传了你家客厅给我看吗？这就代表她已经认同现在住的地方是她家了呀！”我急忙地力图从客观、中立的立场安抚照护人的心情。

“你觉得现在住的地方是你家吗？你喜欢现在的家和照顾你的人吗？”我干脆直接问熊妹。

“喜欢啊！我好喜欢现在的家，而且现在的家，都比较有人陪我。以前的家，比较没有这么多人总是陪在我旁边。”熊妹一派乐天地回答，浑然不知我们这边已经开始上演琼瑶戏了。

“熊妹以前几乎都是在夜市生活，的确没有像我们家这样，把她当家人哄着她、陪着她。”照护人解释。

“那为什么每次我离开房间，你都好紧张、硬要跟，你腿又不舒服不能下楼梯。我每次都已经跟你说我等一下就立刻回来，你还是不听！硬要跟！”

“因为你有时候出去好久好久才回来，根本就没有马上！我很少在家里看到你，只要看到你我就好高兴，没看到你我就好紧张，我想要你在家时我都可以在你旁边！”熊妹语气紧张，像是照护人一离开房间门就永不回头的样子。

“你有时候没有马上回房间哦？”我笑说。

“有时候可能是出门或者是去7-11一下。我没想到熊妹的不安全感这么重。”照护人解释。

“那为什么每次回台北前，我跟你说完拜拜，你就会背对大门不看我，但我一出门你又会马上趴到窗户上看我？”照护人老家在宜兰，一个月只有几天会回老家陪熊妹，大部分时间是在台北工作生活。

“因为看你出门我好难过，我宁可不看……但是你一出门，我又好想再多看你一下，因为要好久看不到你了……”熊妹几乎是毫不迟疑地回答。

转达完后，照护人眼睛又泛泪光。我的鼻子，也觉得忽然被柠檬攻击，好酸。

经过这次深聊，我感觉，伴侣动物对我们的爱，真的好深、好长。

当我正真心祈祷熊妹的照护人也能这么用心对待她时，我收到了这封信：

Dear Leslie，

很谢谢你，解答了我对熊妹的很多疑问。

我跟前男友交往12年，分开时，我什么也没要（连求婚戒指我都没带走），只说了一句："小熊我要养。"

她是我们修机车的店里养的狗狗生的，带走她是因为第一眼看到她时，她在马桶旁边睡觉。当时我觉得她怎么那么可爱，就认养了她。

陪她跑步，带她兜风，贪吃的她有天居然叼了一块老鼠药回家啃，我记得那天是我第一次让狗狗喝牛奶催吐，幸好没事。（笑）

今晚听她说了很多事，谢谢她从不认为这是她的家，到现在的认同，我觉得很贴心。（不亏我每个月花大钱在这小姐身上。）

我很爱熊妹，虽然不知道她还能活多久，但只要她在的一天，我们就该创造更多回忆才行。

希望你改天来宜兰见见熊妹本尊，我相信她会很乐意跟你约会的。

看完照护人的来信，我想起《礼记·礼运大同篇》说：愿幼有所长、壮有所用、老有所终。而我，愿天下所有伴侣动物，都能陪伴在他们最爱的人身边，有所长、有所爱、有所终。

我不确定大家每天下班回家后，离睡前的空暇时间有多少。3小时？4小时？扣掉滑iPad、看韩剧、玩在线游戏，分给伴侣动物的时间又有多少呢？

我们的一天被非常多的事务分神，伴侣动物只是其中一小块。但我们，却是伴侣动物的全世界。

曾有人说狗狗很聪明，你换衣服，他就知道你要出门。那其实是因为，他们的全副心神、全心全力都放在观察我们身上。

有空，多陪陪身边的伴侣动物吧！不为别的，只为他们的生命如此短暂，而我们有幸互相陪伴，更该珍惜。

爱的付出练习

我最近发现，人在面对动物的时候，常常会复刻自己父母的教育方式。

于是也会冲口说出父母最常责骂自己的话或复制教训的方式。

当然你也会发现身边许多情侣或夫妻，用毛孩子作为未来为人父母的预习课。

在来寻求动物沟通的过程中，我常发现，大家都会希望动物成为“自己想要的样子”。

想要他听话，不翻垃圾桶，不舔地上食物，不抓沙发，不要乱叫。

我收过的咨询要求包括：

请猫不要害怕剪指甲。

请狗不要闻一闻地上后就舔。

请狗不要听到门外有声音就叫。

请我们家猫像别的猫一样爱撒娇。

请我们家狗警戒心不要那么强，像别的狗一样开朗亲人。

请我们家狗不要那么胆小，听到打雷就发抖。

我不确定是不是因为动物本来相对人类就弱势，或是我们习惯操控动物（坐下、握手就是基本的操控指令），所以我们会想去改变动物的天性，好让他们更适应我们的生活方式。

大家还是常常会把沟通当成是操控动物的手段，而不是单纯的倾听。

这种感觉有点像，怎么说，父母美其名问你最近忙什么？未来有什么规划？听起来像是倾听你的意见，但其实是想在聊天的过程中参与意见、左右你的未来。

当然，大部分的沟通都是为了让彼此生活得更顺利，但有些时候，你不得不承认，我们心中都有一个模范毛孩子，希望自己的毛孩子能去圆满那个轮廓。

就像有很多父母想要儿女成为他们期望的样子，那你希望你的父母这样对你吗？又或者，你自己是背负着这样的包袱成长的？

不如试着思考：这是我希望父母对待我的方式，我想要这样来对待毛孩子。

照顾毛孩子的时候，内观自己与父母的关系，或者是琢磨出未来自己与孩子的相处之道，我觉得也是另一种了解毛孩子的角度。

因为照顾毛孩子本来就是生活中爱的付出练习。

可能是偏见，我常觉得愿意学习照顾动物、了解动物需求的人，在待人处事上也比较柔软一些。我觉得关键在于他学会倾听，跟愿意学习了解另一方的需求跟困难。这其实是很宝贵的资产，也是毛孩子们教会我们最重要的一课。

猫咪，也会想减肥！

story 31

美国短毛猫噜噜，特性是与人对到眼就“呼噜噜噜噜噜噜”，叫了会来，来了就不走，为什么不走？因为要摸摸啊！

跟噜噜的对话中，充满了对于“摸摸”的怨念。

“我觉得被摸得不够。

“人类可以摸我再用心一点吗，每次摸到后面都好敷衍……

“看到我就是要摸我呀！

“摸下巴还有前胸那里最舒服了。”

“既然你这么爱被摸摸，跟我说你对爸爸的看法好不好？”

语落，照护人递手机给我，看来是她老公。

噜噜一看到爸爸的影像就呼噜呼噜好大声！

我：“天哪，他爱你老公爱到不行耶！”

照护人嘴里咬着刚嚼下去的饼干，无法言语，但狂点头。

噜噜：“他会搂我在怀里，一直摸我，好舒服，我会呼噜呼噜很大声，但是他都会在我正享受的时候突然就把我放下，让我有种‘现在什么状况’的感觉，而且其他猫都在看我（注：家中还有四只猫），让我好尴尬哦，我只好舔手洗脸来掩饰尴尬。”

“以后把我放下之前可以先说一声吗？不然突然放下我感觉很差，还会被其他猫笑耶。”噜噜语气加强地抱怨。

照护人：“他爸真的会这样，但没办法啊，因为噜噜太黏人了，每次都要摸到天荒地老。每次他被放下后洗脸，我都以为他是因为毛乱了在整理，没想到是在掩饰尴尬！噜噜啊，没想到你是只内心这么细腻的猫！”

好了啦，知道你爱被摸摸，可是你妈妈带你来找我，最主要是想知道你为什么最近忽然变瘦耶。

“他最近无端变瘦，我有点紧张，可以帮我问问是不是身体哪里不舒服？”照护人有点忧心地说。

噜噜：“我觉得他这样好帅！像我现在都重重的，没有像他那样很瘦瘦的感觉，走路也不轻盈，我好想像他一样！”（同时show给我看一只很俊瘦潇洒的大橘猫）

这时候我心中一愣，因为据我所知，这位照护人家中养的猫咪全部都是黑白色系的，哪来的鬼橘猫啊？

心虚的我直接问噜噜：“你不要给我乱传画面，我知道你家的猫都是走黑白色系的，哪来的橘猫啊？你不要害我讲错话，会很尴尬啦！”

噜噜：“真的有啦！真的！”

看噜噜一副笃定的样子，我也只能照实讲了。

“噜噜说有一只很瘦的大橘猫，他说他好帅，想要跟他一样……”（小心翼翼又带点莫名心虚地小声）

“大橘猫？我家没有橘猫啊……啊！那是我常在喂的一只流浪猫，是不是长这样？”（翻手机给我看）

“对！就是他！”（尖叫）

画面中的猫咪消瘦，但精实，眉宇间还透着英气，整个是走英姿飒爽路线的大帅橘猫。

“我用这只猫的照片当电脑桌面，常常出门电脑也没关，所以猫咪才会看到。天哪！所以他都有看到，还记在心里吗？”

“我也不知道……（惊恐），这是我第一次碰到动物会看电脑，我本来还以为是不是你跟他一起看过Discovery什么的，看过猎豹，没想到真的有橘猫！”

于是我跟照护人开始连手催眠噜噜：“你这样最可爱了，不用减肥就超可爱了。大橘猫有大橘猫的帅，可是你是最可爱的呀！”

至于有没有用？听说噜噜最近已经逐渐恢复原来的吨位了。（撒花）

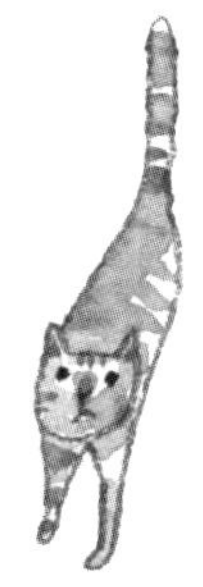

动物无端消瘦，可以先看看是不是最近换了饲料，食欲出了状况，再加上观察粪便情形，以3～5天为基准，如果没有好转，建议求诊医生寻求专业咨询哦。

最好的时光

story 32

曾经看过一篇论文，花了好大的篇幅跟研究数据证明猫咪只有约莫10天的短期记忆。但阿麦的故事却完全不是这样的。

带着阿麦照片来的沟通人有四个，其中两位照顾了他10年，之后转给另外两位朋友照顾，至今7年。

刚开始跟阿麦的联机不是很顺利，我问了些生活起居的问题都没有得到回应。让我开始苦恼，看来这是只不随便开口的骄傲猫咪啊，该怎么引起他与我说话的兴趣呢？

观察照片，我看到阿麦的右耳缺一角。

我问："他是被结扎过的流浪猫？"

女主人回答："不是。这是他以前和其他猫咪打架受伤造成的。"

啊，看来是个骁勇善战的猫咪是吗？好，我就以这为开头话题跟他聊吧。

画面开始涌入。

金黄色阳光的下午，阿麦在墙头英姿飒爽地与虎斑猫打架。

"我可是也打得他满脸血！"阿麦骄傲地跟我说。

聊到这儿，照顾阿麦前10年的主人开始发话：以前家里住在山上，家附近都是阿麦的活动范围，他每天都要上班，巡逻家周走田水。阿麦战绩显赫，逮过蜥蜴、雏鸟、蟑螂甚至小小蛇回来"贴补家用"。

"家附近的公猫多非麦大爷对手，对方几次结伴来挑衅，他站在墙头低嚎着以一敌众，丝毫不逊色。"前主人骄傲地回忆着阿麦的战绩。

但这些都不是现在的阿麦能做到的了。

现在的阿麦17岁了，因为慢性肾脏病，每天要打两次针，还要吃药。

进出几次医院后，体力衰弱了，也消瘦了不少，现在照顾他的主人为了安全考虑也不让他出门了，阿麦自己出门逞凶斗狠的意愿也降低了。

人间从来不许英雄见白头，用在一只年迈的公猫身上竟也如此残忍。

没关系，我的责任就是通过沟通让阿麦现在生活得更好：“阿麦现在喜欢家中哪个角落？家里还能做什么让你待得更舒服？”

我看到木桌、布沙发、落地窗。

一个风光四溢的家，通透的风搭配绿意窗景仿佛连风的颜色都是绿的，我看到阿麦窝在一个上好的木质大长桌上打盹。

“那是我们的家。”饲养阿麦10年的前主人语音颤抖地说。

我画出看到的桌椅窗户位置，简单的平面格局图，笔甫落，前主人的泪亦落下。

“这是我们的家，那木桌是吃饭兼工作的大木桌，阳光会从桌那边的落地窗进来，阿麦有时骑在沙发背上，有时躺在桌上……”

“阿麦不喜欢现在的家吗？那么，需要我们送他回之前的家吗？他会比较快乐吗？”现在照顾阿麦也已7年的主人有点伤心地问。

没想到阿麦说：“也不需要，动来动去的多麻烦，现在这边也很好，只是我睡觉时常常有点吵而已。”（白天外面有施工）

“有比较想跟谁生活在一起吗？”阿麦回答：“跟谁在一起都是

愉快的，但我身体不舒服，别移我了。”

后来我才了解，“最喜欢家里的哪个角落？”这个问题对阿麦来说没有意义，因为任何环境都已不是这只年迈公猫最重视的事情了。他缅怀的是那无限美好的往日风光。

那段年轻气盛的岁月，一猫单挑群猫是何等威风。

而这正是阿麦居住在7年前那个风光无限的家时的全盛时期。

昔日的小霸王，变成今天一天要打两次针、吃药的身体，阿麦的双眼瞳孔从盛凌锐气削弱到微带愠色与愤怒。

你很难想象，一只17岁的猫咪，他的回忆与精神，俨然就是古代眼睁睁看着帝国与身体逐渐衰败的君王，他无奈且愤怒，他怀念过往，他眷恋盛气。

沟通结束后，阿麦传给我的画面始终在我心中回荡不去。

“一只猫心中最好的时光，就这样刻印在我心中，一派意气风发、神采飞扬。”

已有年岁的动物，通常都不建议再移动他们，因为环境变迁对动物会造成很大的压力和紧张。所以即使出远门旅行，我还是偏向建议请朋友或家人来家里照顾动物，而不是将动物送去宠物旅馆。

story 33

世界上最贴心的猫

曾经看过一则笑话是这样说的：

天天喂狗吃饭，狗会觉得："天哪，这个人对我这么好，他一定是神。"

天天喂猫吃饭，猫会觉得："天哪，这个人对我这么好，我一定是神。"

本位主义思考，是大多数人对猫的刻板印象。

其实我也不是没跟这种本位思考的猫聊过。

印象最深刻的是有一次，照护人央求给猫咪剃脚毛。脚掌缝间长出的茸毛总让猫咪在家像滑花式溜冰，久了也怕他关节出问题。

照护人："帮你剃脚毛好吗？"

猫："为什么？"

照护人："因为你走路会滑。"

猫："那为什么是跟我的脚有关？要动我的脚？应该是地板的错吧！你应该换地板才对！"

照护人："……Leslie，他太会顶嘴了，我不知道怎么回他了，怎么办？"

不过我现在要聊的猫咪——波士，却是完全相反，他是一只最最最贴心的猫咪。

照护人因为要结婚了，遂问波士愿不愿意一起搬去新家。

波士说："新家是什么？那是哪里？"

我请照护人给我一个新家的照片给波士看。

波士：“这里我知道啊！还不错！但是去这里住，会有现在家里那个很吵的小孩吗？还有，你会跟我一起住在这里吗？”

照护人：“1.不会，2.会。哎哟，想不到你这么干脆！那之前干吗去新家后就一直吵着要回家？你很奇怪耶！”

波士：“因为那时候我觉得那边很吵啊！谁想待在那么吵的地方啊，但如果是跟你一起住在那边，我可以。”

照护人：“想想也是，你去的时候刚好家里有客人也有客狗。”

“那波士你还有什么话要跟妈妈说吗？”照护人眼神发亮、语带兴奋。

没想到直接被波士控诉太晚回家。

“早一点回来，我每天都一直盯着门看，想说这女的怎么回事，这么晚了还不回来！你每次很晚回来，我都很想揍你！还有，要一直陪着我哦！一直一直陪着哦。”

听到这里，我看到照护人眼眶逐渐濡湿，拿出面纸，压了下眼睛。

“这么爱我，那你能不能答应我不要跑出去？”照护人打蛇随棍上。

“我干吗要跑出去？”波士不解地问。

“你以前都会跑出去啊，你到底都去哪儿了？”

“我去找我朋友啊！”（还理直气壮）

“你有朋友？你哪来的朋友啊？”

“我当然有朋友啊！”

眼见鸡同鸭讲，我中断对话，自行问波士：“你说的朋友长什么样子呢？”

然后我看到一只虎斑猫的模样，就是那种彪悍的街猫样。

“他跟我说他朋友是咖啡色的虎斑猫。” 我补充说明。

“以前是有一只超像黑道老大的咖啡虎斑会来我家外面吃饭！原来波士你真的是混黑道的啊！怎么误入歧途啊你这孩子……”照护人一脸惊讶。

“但是现在没看到他了，不知道去哪儿了，我就懒得出去了……”波士一副现在对出门意兴阑珊的样子。

“哇，你还嚣张啊，好啦，不出门最好，不然我都会好担心你。”照护人嘴里打打闹闹，但说到底心里还是紧张波士的。

一直到后来的第二次沟通，我才真的体会到波士对妈妈的爱有多深。

那时候波士状况不大好，看过几次医生，医生甚至直断：可能就是这几天了。

照护人来找我，想知道波士的心声，还有想法。

那天滂沱大雨，台北的雨像是要淹没这个城市般地狂泻。搭配着户外如雷般的雨声，我跟照护人开启了寂静却沉重的对谈。

“我这几天都请假在家陪他，很怕错过任何时刻。”与上次见面的情境截然不同，照护人的语气、声调一并转暗。整个咖啡厅灯火通明，但不知是谁，把我们这桌调得特别晦暗。

我问了问波士的状况，没想到他回我：“我觉得自己没有那么糟啊，我应该只是身体重重的，一直好想睡觉而已吧。”

“我真的觉得自己没有那么糟啊。”波士不断重复。

照护人声音逐渐明亮：“真的吗？真的没有吗？还是之前那个医生误判了呢？那最近我都在家里陪你，你开心吗？”

波士：“其实我一直都在睡觉，一直觉得好累。我喜欢那个白白软软的地方，你们都会把我抱到那里，然后在旁边陪我。”

照护人：“那是沙发，我都会抱他到沙发，这样才能陪在他身边。”

波士：“一直睡觉，常常很怕一睡就不会醒了。但是只要醒来，能看到你在身边，心里就会觉得，还好，还好你还在，还好你还在这里，我还在你身边。”

我们沉默了一段时间，因为我也感觉到我的泪水似乎要不听使唤夺眶而出了。

隔几天后，我听说波士很安详地在妈妈怀中离开了，最后的一刻，在亲爱的妈妈怀中。

我想到波士一开始努力打起精神跟我说觉得自己没那么严重。

但又不小心暴露自己很害怕随时要离开妈妈的心情。

应该是在安慰妈妈吧，我想。

即使到了快要分开的时刻，波士还是这么这么地爱着妈妈、为妈妈着想。

照护人后来来信跟我说，那天沟通，其实是想通过我，好好跟波土说再见的。但波土一直嘴硬说自己其实没那么糟，离别的话自然也就如骨鲠在喉。但是我想，到了最后的时刻，爱不需要言语，它如光如水，自会流动。

因为即使到了最后的时刻，贴心的波土仍展现了不可思议的奇迹。信中是这样写的：

Dear Leslie，
波土要走的前一天，竟然会跟我们全家人说话。
大家问他问题，他就回答，我还说要就摇尾巴、不要就不要摇。
于是，波土还真的用摇尾巴来回应耶！他真的是好聪明的猫咪。
最后，我还问他那你要不要来当我的小孩？从肚子生出来的那种小孩？
但要记得把肩上的爱心标记带下来哦，不然我不知道是你。
没想到波土竟然说好耶，而且是摇尾巴加眨眼加喵喵叫地强烈说好。

谢谢你让我跟波土在最后的时刻能对话。

愿你一切都好。

“我想问你一件尴尬的事……你做动物沟通的时候，会不会……看到不该看的事情？”

朋友啜着热茶这样问我。

这倒是让我想了一阵子。

做动物沟通以来，有些时候的确会看到一些颇居家的画面。

狗抱怨家里最近很热时，一起给我看女主人穿薄纱蕾丝睡衣的样子。

照护人抱怨狗每天早上都会鬼叫，她都要从跃层的楼梯走下楼来安抚狗。狗就给我看女主人穿宽松及膝大T恤、睡眼惺忪从楼梯上走下来的样子。

照护人问我狗最喜欢谁、最喜欢和谁在一起？狗就给我看男主人上半身没穿衣服抱着他坐在客厅沙发看电视的样子。

当然有时候沟通时顺便看到家中格局或是家中摆饰的画面不在话下，那是隐私没错。

所以我通常不大愿意与没有经过照护人同意的动物沟通，因为我可能会窥见很隐私、不欲人知的画面。在没有经过照护人同意以前，我觉得擅自进行动物沟通，有点，嗯，小没礼貌。

但最让我尴尬的是有一次，一对年轻情侣来找我，想问我：狗最喜欢谁?

来找我的年轻情侣自称爸爸妈妈，狗对他们充满爱意。

但狗又给我看了一个画面，是这个男生带另一个年轻长发女生回家的画面。

“这个女生对我也很好，我也很喜欢。”

我端详坐在我对面那位喝着热拿铁的女子，跟画面中的女子似乎不是同一个人。

“哎呀，我是不是看到什么不该看的……”我内心嘀咕着。

当然那个女生也很有可能只是男生的妹妹或是亲人之类的，但是为了避免捅马蜂窝或造成不必要的误会，所以我只回答：“没有，狗狗最喜欢的就是你们。如果还想问特定某人的话，再拿照片给我看啰！”

不管如何，这不一定是个需要被获知的信息，我也应该要保护对方有不知道的权利，一个不小心，在下可能会铸下集九州岛之铁也无法挽回的错啊。（挥冷汗）

问动物最喜欢谁，有时候提爸爸、阿嬷等人名，他们其实不一定清楚，因为家庭成员爸爸、妈妈、姐姐、弟弟的称谓是人类社会的规范，动物不会知道。给我看照片用图像传递会最准确，他们通常看到脸就会告诉我对这个人的想法和感受了。

爱如光影流动

“人性里面有很大一部分是渴望付出爱的。付出爱让我们喜悦与平和，付出爱让我们感到满足。”

有时候甚至不需要回报，只是付出爱的本身就已盈满快乐。

我觉得有点像是准备礼物送给情人，细心想着对方的喜好与生活习惯，挑选一份完美的礼物给对方，这中间过程就已让人嘴角上扬了。

爱是一份礼物，不需收到回礼，也能让人心满意足。

而有了伴侣动物，伴侣动物通常又会给我们，嗯，怎么说呢？十倍奉还！

他们总是不吝于给我们满满的爱。每天刚进门，不管是出门上班8小时或是倒垃圾15分钟后回来，只要进家门，他们欢迎我们回家的样子，永远都像和我们分离了10年才相聚。

我永远都记得与宾狗相会的那个下午，是11月，秋高气爽，空气中带有凉意，却又有点草香味，是个不用带外套、只要一条薄围巾就能抵御寒意的舒服天气。

一到宾狗家，我就看到宾狗和另一只拉布拉多犬娃娃平常生活的主要空间——一片大空地。

偏矮的米色沙发靠墙，另一端没有电视，看来男女主人最常做的休闲娱乐就是与两只狗狗玩耍。

地上散落着几个斑斓枕垫，空地的尽头是一片落地窗，大量的阳光洒进来，使空间充满了光影。而落地窗旁边放着两个巨型枕垫，枕垫已经略微扁平，被压出明显的圆弧形。

很明显二犬平常的兴趣就是躺在这儿看窗外晒太阳睡大觉。

二犬看到女主人回家，开心地上前迎接，尾巴摇晃的速度感觉再快一点就可以像直升机一样飞起来了。（笑）

“我想要去草原，你们很久没带我去了。”连上线后，宾狗悠悠地说。

照护人惊讶地点头：“是啊！是啊！我们很久没去河滨公园了，没问题，妈妈一定带你去。”

照护人：“宝贝，你知道自己生病了吗？”

宾狗：“知道，但不知道是什么病，只觉得身体好重。”

宾狗又忽然主动提起：“有天妈妈蹲下来抱我，眼泪滴在我的头上。我想跟妈妈说，很抱歉我生病了，让她这么辛苦难过。”

照护人声音一阵紧缩，说道：“在台大动物医院确诊的那天，医生跟我宣布宾狗状况后，我蹲下来抱着他，眼泪簌簌滴在他头上。”

“宾狗宝贝，妈妈照顾你一点都不辛苦。未来，如果你真的很不舒服，我能怎么帮你？”照护人持续问着，空气中弥漫着一点焦虑混合着忧心。

宾狗说：“我希望能努力到最后，不过，因为，我也不知道那时候会怎么样，所以，可不可以等近一点的时候再说？”

照护人无声地点点头。

宾狗紧接着提起自己的生活伙伴——娃娃。

“娃娃对我很好，一直陪伴着我，但我有点担心万一我离开后娃娃的状况。”

对此，一直静静趴在旁边的娃娃主动发话了：“我一直陪着宾狗，而且现在出门散步都会等宾狗，问哥哥：‘你还好吗？跟得上吗？’”

“对啊，自从宾狗生病后，妹妹每一次散步走到一半，都必定回头去确认走得比较慢的哥哥是否有跟上来。最近，娃娃更是寸步不离地看着哥哥，只要一转眼看不到哥哥的影子，娃娃就完全不走了，一直到确认哥哥的身影出现为止。娃娃这个妹妹真的很贴心。”照护人仔细描述日常生活中观察到的状况。

“如果以后哥哥宾狗不在了，会不会希望爸爸妈妈再帮你找个弟弟或妹妹，还是希望自己一个人呢？”我转头问一直静静地趴在旁边，像守护着宾狗的娃娃。

“如果家里有了新的狗狗，万一处不好，怕妈妈会难过，所以我想，我还是自己一个人好了。”娃娃小声地、慢慢地说道。

“娃娃从小就不太能跟其他狗狗相处，哥哥宾狗是唯一的例外。我想，我能理解她的回答。”照护人用手顺着摸娃娃的毛发，搭配窗外洒进的阳光，我想这个下午真的很美丽。

后来，宾狗跟我们聊了许多日常生活中他想要得到的照顾。（所谓开放许愿池）

“每天早上那个黄黄的东西可以再多来一点！（应该是去皮苹果）

“那个咖啡色、厚厚、大块的东西很好吃也可以多一些。（该不会是牛排吧！）

“还有不喜欢包尿布，紧紧的很不舒服。”

这点，照护人柔声说明：“因为宾狗吃类固醇会多渴多尿，怕他半夜会因为憋不住而漏尿，所以现在是先用人类用的尿布顶着。”

“现在知道他会不舒服，晚上我再上网订购一些日本进口老帅狗专用的大型犬尿裤和尿片，让他舒服些。”照护人边说边抚摸着宾狗。

最后，两个小朋友似乎累了，传送过来的画面跟话语有一搭没一搭的，我想着两位狗狗都有年岁了，动物沟通毕竟耗精神，他们体力都不大好，是时候让他们休息了。

没想到经过告别的寒暄，我都提起包包要迈出大门了，宾狗像是想起什么，忽然要我转达：

“如果给我什么，我都不想吃了，那我想，就是时候了。

“我喜欢晒太阳，喜欢妈妈躺在地上抱着我，以后不想被放在家里。

“希望可以被放在院子里晒得到阳光的树下。

“还有，最后一次长长的觉，希望是在家里睡。”宾狗说完以后，就闭上眼睛不理我睡他的大头觉了。

“我亲爱的儿子，这些当然全都没有问题。”照护人温柔地说道。

人性里面有很大一部分是渴望付出爱的。付出爱让我们喜悦与平和，付出爱让我们感到满足。

回程的路上，我不断想着这两句话。

后来照护人写Blog记录，一天早上，宾狗突然不愿意吃饭了，到了晚上，呼吸声渐转浓重，也许分开的时刻就要来临。照护人在宾狗耳边轻声说："儿子，如果很累，你不用担心我们，你就好好休息哦！谢谢你陪伴妈妈这么多年，带给我好多好多快乐美好的回忆。"

我知道，宾狗最后是在最亲爱的妈妈怀中安详毕业的。

吉本芭娜娜曾说：生物寿终而死，不一定是悲剧。那是自然的事情，回忆永远温暖心头。在这趟人生中能遇到他，绝对比没有遇到他好。

这篇文章仅献给宾狗，谢谢你带我认识人与动物之间动容的情谊。

我永远都会记得那个美好的与你相遇的下午。

刚养Q比的时候她1岁，很怕生，很喜欢往暗处躲，沙发底下、床底下、柜子底下都是她的好所在。刚养时常发病，一天到晚往黑黑暗暗的地方钻，严重起来的话，你拖她出来，她还会咬你。

那时我们全家没有人没被咬见血。

这种不安全感跟个性上的恐惧，说实话实在让人很束手无策。已经有了新的家呀，大家都很疼你爱你，但Q比仍然活在自己营造的恐惧中，每天都好紧张、好害怕。

那时候我还不会动物沟通，但我曾在某本书看过："说到底，所有的不快乐与痛苦都来自你想要获得爱与认同。"

我想着，动物也是吧！应该是觉得不被爱、没有人站在自己这一边，所以被深深的不安全感拖着，进而将愤怒热力四射，攻击身边的每个人。

所以从那时起，我就每天跟Q比说："Q比最棒，你是全世界最棒的狗狗，大家都爱你，我最爱你。"

如此早中晚讲三次，有时睡前更是跳针似的讲四五次。

转眼养Q比4年了，前阵子我爸爸跟我聊天，说Q比个性变好多了。

"以前爱往椅子下躲，现在不会了，累了就回自己的窝躺着；以前爱往奇怪的地方钻，现在也不会了；叫她就会出来，那些阴阳怪气的行为都没了，她长大了！”

啊，应该是万用金句真的有效吧。我内心想。

每天都有人夸你是最棒的，知道有人爱你，是真的很棒的事情啊！

我觉得每天讲万用金句，尤其睡前跟睡醒时讲，对小动物来说，应该多少会起到催眠的作用吧。

而且对人来说也很好，你可以从这个开始练习开口表达爱。

有时候动物沟通时，遇到躁动的动物，我这样讲也可以很快安抚他们的情绪，这句话真的真的很有用。

你家里如果也有不安或躁动的伴侣动物，我建议可以照着做哦，亲身经历，有奇效。

分享万用金句给照护人后，获得很多对于“万用金句”的实用回响。

包含原本妈妈上班后单独留在房间会哭倒长城的猫咪（已经5年了），在每天跟他说“妈妈好爱你、你好乖哦、妈妈去上班你自己要乖乖哦”之类的话，现在妈妈出门后安静无声。

或者是兔子阿麦每次搭火车回家都很紧张，这时候照护人用温柔的声音跟他嘀嘀咕咕说“你真是全世界最棒的小朋友”之类的，状况就会好很多。

又或者是每次在家玩耍不把人咬到流血绝不松口的猫咪，有次照护人陪了一整天，跟他说“这样不行，大家都爱你怎么可以让人痛痛”之类的话，猫咪的性格也有逐渐转变。

超好用万用金句，不用吗？（笑）

常常比喻要体谅对方时，会说要“穿别人的鞋”。可是你知道吗，再怎么穿别人的鞋，还是自己的脚。

我的意思是，即使我们再怎么想要“站在对方立场为对方着想”，但是我们至多能考虑到的情绪体谅通常还是会以自己的个性为出发点。

虽然以自己的个性、成长背景去思考别人行为的动机还是有出入，但这是同理心最最最基本的练习哦。

我常常生气愤怒的时候，会努力想要变成对方，通常这样气很快会消。

同理心是解决愤怒最快的快捷方式，因为能够认同别人的痛苦大于自己的，感受自己的痛苦与对方相比似乎也就没那么严重。

进而体谅，进而原谅。

举个很小的生活例子好了。

有一次接到银行打来的电话，约莫就是要我办小额贷款之类的，我说：“没关系！我不需要哦！谢谢你！”非常好言好气的这样。

结果对方立刻挂断，立刻！

我心里百转千回，一方面能体谅他做的是辛苦工作，每天被人拒绝想必心情不会太美丽，毕竟也知道我没有要给他做case的打算，继续跟我聊难道要跟我博感情吗？

但一瞬间当然还是想喷骂：到底凭什么这样干扰别人的生活打扰

别人的心情?

我好好过我自己的生活，会扶老人过街、让座给孕妇、说话诚实童叟无欺，非常无愧天地的却要平白被人挂电话，感觉真的很差啊。

但我后来旋即想着，他被挂电话的次数应该是我的千百倍吧。我被挂一次电话就已怒成这样（其实是自己修养差，还差到不讳言在书里面写出来），那他做这个工作要承受的辛苦与负面情绪应该是我的千百倍吧。

然后我就不愤怒了。

这是个很小的生活例子，但我觉得当生活经常被这种突如其来的小愤怒攻击时，正是练习同理心的小功课时机。

沟通的第一步永远是先站在对方的立场思考，因为你不可能跟狗说喵、跟猫说汪。

自顾自地用自己的语言尝试要对方了解，那就像两个人都站在巨大的防弹玻璃墙两端对吼，依稀有模糊朦胧的声音，却无法传到耳中。

那要怎么沟通？不管是人与人或人与动物，我都会说：“想象变成对方。”

我蛮鼓励躺着和伴侣动物玩的。

因为这样你可以看到他的视角，进而换位思考。

“体谅对方”永远是沟通协调的第一步。

当你躺下，你会发现人看起来像“101大楼”那么大，难怪陌生人伸手下来会有压迫感。

当你躺下，你会发现原来水碗那么脏，难怪你家猫不爱喝水。

当你躺下，你会发现原来家具看起来都那么大，门那么沉重，难怪一点声响你们家狗就吓得要死忙着鬼叫。

然后开始试着思考动物的动机是否合理。

从这边去上厕所方便吗？吃饭会不会很卡？厕所是不是很难进去或是进去一定会踩到自己的排泄物？

换位思考后，也许有些问题行为的原因就出来了。

曾有照护人问我："为什么我们家狗那么爱乱舔？"

我说你试着幻想自己双手都不能用。

人体验新东西的顺序是：看看→摸摸→闻闻，最后一步才是放进嘴里。

但狗没有双手辅助体验，视觉又不如我们敏锐。

闻闻后舔一下，是再正常不过的选择。

不同的物种要一起生活一定会有互相适应的地方，试着躺下和他们一起玩耍，会有新发现的。

其实凡事都是这样的，尽量站在对方立场思考，很多疑惑（或愤怒）都能解答。但躺在地上跟动物玩这招，坦白说，如果你家养的是个性激烈的猛犬（如藏獒），我个人就不是很推荐这种方式。（躺在地上感觉咽喉很危险）

特别收录

我有问题！

毛小孩vs.人类爸妈vs.动物沟通师，

最常被问到的问题！

INDEX

Q 为什么听到门外有动静就要吠叫?

A 因为这是我的地盘啊！我要让大家知道这里是我在罩的！

通常狗狗都有较强的领地意识，只要听到邻居回来或是门外有声音都很爱吠叫，这点到了夜深人静时，敏感度更会提升五成，一点风吹草动都会叫得惊天动地。

为什么我可以描述得这么详细，因为Q比就是这种小狗啊！（捶墙）

因为是动物本身的天性还有个性关系，所以很难靠沟通改善，但动物跟人一样，有环境改变，个性就会改变的习性。

Solution ＼

后来我看了许多书，研发出以下两种做法，发现Q比的吠叫问题有大幅改善，提供给你们参考！

1．笼内训练

别误会了，我不是要你把狗关在笼子里。你先试着幻想一下，如果

你养的是小型犬，那他基本上是你的1/10大小，也就是说，你给他的家庭活动范围空间，对他来说，是你习惯的空间要放大 10倍。

换句话说，你试着想象你自己很小，生活在身边的人跟家具都像101大楼般高大，而且大概像小巨蛋那么大！平常疼爱你、保护你的爸爸妈妈都不在了，你只能自己保护自己！那是不是一点风吹草动，你都会觉得好像是敌人要入侵呢？我想这也就是大多数的小型犬都比较敏感神经质的原因。

所以你要给他限定范围，一个适当大小、有足够空间活动奔跑，又有一个适合自己的小窝可以躲藏，带来安全感的范围。

这样的空间能够带给狗安全感，他不但会觉得：在这边就会很安全，而且也可以缩短他控管的地盘大小，不用“整个家”揽牢，吠叫问题自然也会减少。

适当的活动空间，以小型犬来说，应该是一个2～3平方米的空间，里面有食物、饮水、玩具以及对外窗户。

以及最重要的：有屋顶的、对狗来说略微狭小的窝。

露天的窝对狗来说反而缺乏安全感，因为无法遮蔽，最好是有盖的，造型像是帐篷或山洞的为佳。

在里面放些零食以及照护人的衣物，甚至也可以在里面吃饭，以及最重要的——如果狗狗做错事，被大家责骂，但他一旦躲进那个空间，就再也不要责骂他也不要把他拖出来。

要让狗狗觉得那个帐篷窝是全世界最安全最安心的所在。

我养Q比4年了，直到现在，我出门还是会把她放回我的房间，不会让她在全家趴趴走，因为这对小型狗来说，真的不是自由，是恐慌。

就算后来有时我爸爸想让Q比出来跑跑，把门打开，她玩累了或因窗外打雷感到害怕，都会自己躲回房间睡觉休息。

对她来说，那不是笼子，是最安心、安全感的来源所在。

2. 不按电铃

许多狗听到电铃声音就会起美送（闽南语发音），所以我建议如有朋友来访，可用LINE或电话联络，不会因电铃响而释放给狗狗“警告！有陌生人将入侵”的警讯，并且“由你自己下楼迎接客人，带着客人进门”，这样做的好处是，狗会知道：客人是你带进门的，是你允许进来的。

相较你与狗狗一起在屋内，客人由外面进来，你带客人进门对狗狗造成的那种地盘被侵犯的感受会大幅降低，狗狗的敌意会减少至少九成。

当然如果你能够准备许多肉干零食，在客人一进门时就请客人疯狂大放送，也可以建立狗狗对陌生人的亲切感，他的敏感警戒心久而久之也自然会下降。毕竟，当有客人来就代表有零食享用，哪只狗狗不欢迎呢？

Q 出门的时候，可以不要暴冲吗？

A 可是我闻了这边就很怕忽略那边，我想要顾到全部的地方！

狗狗一出门就像进了大观园，所有的东西对他来说都是全新的体验！尤其狗的触觉（脚掌肉垫）、嗅觉都比我们敏感百倍。这么说吧，他每一次出门，都像你上月球般新奇！全新的重力感受！全新的宇宙风景！

Solution ＼

该怎么改善？我想你每天早晚都去月球1小时，去腻了应该也就没兴趣这么暴冲了吧！（笑）经常带狗狗出去散步，降低外界对他的刺激感与敏感度，暴冲行为自然会改善。

Q 为什么要乱尿尿?

A1 我以前在阳台尿尿都有东西吃，但现在没有，既然没差别，那我想去我想尿的地方尿！

许多照护人在完成定点大小便训练以后，就忽略持续奖赏这个环节。可是道理就像你以前考第一名，爸妈都会像中乐透般开心跟鼓励你，还发零用钱。

但现在你考第一名他们像没看到，久了，你应该也没什么动力考第一名了吧。

Solution ＼

狗狗跟人一样，都需要奖赏鼓励的正向刺激来持续某个动作。

我养Q比4年了，一直到现在，我看到她在尿布上尿尿，都还会鼓励她，给她零食！

A2 我不知道哪里是可以尿尿的地方。

这通常发生在刚饲养的照护动物身上，因为已经习惯闻到喜欢、中意的地方就大方尿上去。想象你从小就生活在荒野，只要找到树丛就能上厕所，现在突然到了不同的地方，你应该也会找类似的树丛就上吧。

一切都是习惯的问题。

Solution ＼

如果有找沟通师，可以直接沟通传达想要上厕所的地点，再辅佐奖励制度，习惯很快就可以建立起来。

没有预约沟通师也没关系，训练期间每天调闹钟约凌晨5点起床，务必确认自己比狗狗还起得早，狗狗刚起床时是最想尿尿的，确保他早晨尿第一泡尿时，你能在旁边奖励他。

起床后带狗狗到你想要他上厕所的地点，然后等他尿尿后立即像中乐透般夸张奖励他（零食可连续给4～5个，加强刺激度）。

并且，晚上下班回家陪狗狗玩的时候，观察他有没有开始闻地板。狗狗开始闻四周地板就代表他想尿尿了，请赶紧带他到定点尿。

最后，狗狗如果乱尿尿，请不要责罚他，一切冷处理，当没看到。

因为惩罚他可能会让他误会你觉得他尿尿是一件错误的事情，以后乱尿、偷尿尿的情况会更严重。

我曾碰到过狗一整天都不敢尿，只敢趁主人睡觉时才尿尿，一次尿好大一泡。也碰到过狗会找家里的阴暗偏僻角落尿尿，搞得全家都是尿臊味却找不到源头。

为了避免以上两种悲剧出现在你家，狗狗如果不是尿在你希望的地点，拜托千万不要责罚他！只要他尿对正确地点时疯狂给奖励，给他2周观察期，一定会有进步的。

A3 尿尿的地方好脏，进去都会踩到我自己的尿跟大便，我不要进去！

嗯，请勤清厕所。请想象你一整天都只能用同一个马桶，还不准你冲水，马桶里面充满秽物，你还想用那个马桶吗？（如果家里有养别的狗，那就请再想象马桶里面加码室友的秽物）将心比心呀。

Q 为什么要四处乱啃咬东西、搞破坏？

A 因为这样很好玩啊！我不这样做要干吗？

人类认识新事物的顺序是这样的：眼睛看→用手摸→鼻子闻→放进嘴巴尝。

但狗狗因为视觉不如我们敏锐，又没有手可以用（你可以想象你的双手被绑住，视觉又受限没戴眼镜，有了新玩意，你会怎么做），所以狗认识新事物的顺序是：眼睛看→鼻子闻→嘴巴咬。

发现了吗？嘴巴就是狗的手，狗用嘴巴探索世界，也用嘴巴拿玩具、叼东西或是阻止别人。

例如很多狗狗想要阻止人类的行为（摸他或剪指甲）都会用嘴巴“含住”人的手，道理就像我们会用手去挡别人，只是因为狗没有手，所以不能这么做，只好用嘴巴阻止你。

那狗狗在家里四处破坏、啃咬的行为，你可以解读为：他在用嘴巴探索家里，这也是他舒压的方式。有点类似人无聊就会抽烟或大吃或看电视，都只是寻找一个做了会快乐、能宣泄压力的事情。

Solution ╲

该如何不让狗四处啃咬？大部分的狗狗都回答我：“不找东西啃咬，我很无聊，不这样要干吗？”

建议在家中四处散落替代家具的啃咬玩具，等人回家后就收起来，这样才能持续营造玩具的新鲜感。

玩具每隔一两个月就要整批换新的，并且观察家中狗狗对玩具的喜好，喜欢有声音的还是有嚼劲的？还是喜欢里面会掉出零食的？对症下药，才能药到病除。

哦对了，还有每天晚上跟早晨带狗出去散步效果也很好，消耗精力嘛！

猫/Cat

Q 为什么要乱尿尿？

A1 因为厕所都是大便！我进去就会踩到大便，要拨砂也会拨到大便！我完全不想进厕所！

Solution ＼

请尽量做到出门前、回家后、睡前都清一次猫砂，让猫咪有干净的厕所可以用，你才有干净的生活空间。

A2 家中最近新来了别的猫，我超不爽的，一定得让自己的味道明显一点才行。

有时候家里突然新增猫咪，猫为了占据地盘，会想要四处喷尿，让自己味道明显、增强自己地盘。

Solution ＼

一旦发生这种状况，除了务必用小苏打粉清洗猫咪尿过的地方，最好是辅佐家中的旧猫确立阶级，例如让他在高处（猫用位置高低来确认阶级）、吃饭让他先吃、如果他殴打新猫不责罚他尽量冷处理。

必要的话先隔离新旧两猫，让他们逐渐适应彼此的存在，每次放出来看到对方，就是吃饭时间，让他们对彼此有好的联结度（有对方才有东西吃啰）。吃完饭就再度隔离他们，并逐渐拉长见面时间。一段时间后，情况通常就会有改善。

另外，我也听说有些猫旅馆会用“猫咪插电费洛蒙”让猫咪情绪平静，也许也是可采取的手段之一。

A3 我的屁股只要下弯就会好痛，厕所好窄、好小，进去尿尿，我好不舒服。

我曾碰到过猫咪直接跟我抱怨猫砂盆有盖子，每次进去都要蜷曲身体，“屁股”会很不舒服。照护人听了以后带他去检查，才发现猫咪屁股脊椎那边有骨刺，难怪他不愿屈身使用厕所，因为很痛啊！

也曾碰到过年迈的猫，很难使用高的猫砂盆架，因为“根本跳不进去”，后来照护人做了斜坡就好了。

Solution ＼

如果猫咪乱便溺又找不出原因，也许是身体不舒服的警讯哦，在责罚他之前，最好先带去给信任的兽医师做检查，不然身体不舒服、尿尿还要被处罚，真的很可怜呀！

A4 他那阵子太晚回家了！就是要这样教训一下他才知道我有多生气！

照护人因为加班太晚回家，或是因为出游几天不在家，猫咪都可能乱便溺。

面对这种状况我推荐的方法就是冷处理。

因为你不在家他很生气，他知道这样做你会很生气，所以简单来说这是一种报复的情绪。

Solution ＼

只要你装作没看到、冷处理，猫咪的目的也就无法达到，这种失控的状况自然会逐渐减少。（毕竟谁愿意重复做没效果的事情呢？）

A5 我的厕所现在变得都会让我踩到尿，我想要跟以前一样那种可以迅速渗透尿的东西！

有只猫咪曾跟我说，以前用的厕所一尿下去尿很快就不见，但现在的厕所，尿尿下去，下面踩的地方就会塌下去，然后脚就会踩到尿，非常讨厌这样的感受。

我传达给照护人后发现，原来原本用的是凝结式矿砂，现在改用崩解式木屑砂，猫咪所形容的是不同的猫砂带给他的使用感觉。

因为猫咪不习惯新的猫砂，所以想去寻找原来的“一尿下去尿就不见”的舒畅感受，床与踏脚垫这种吸收能力好的东西，自然第一个遭殃。

Solution ＼

遇到这种状况，我都会说，还是用回原来的猫砂吧！毕竟，猫砂再难清理，都不会有猫咪乱尿尿来得难清理啊！

Q 为什么上完厕所不埋砂？

A 我以前都会埋砂，但我现在发现，不埋砂他才会来帮我清啊！

动物是观察力很敏锐的动物，如果几次埋砂导致的结果是厕所大便越积越多，我想如果我是猫咪，应该也会实施不埋砂政策吧。

臭一点又何妨？有人帮我清理，让我有干净厕所用才是最重要的啊！

Q 为什么不愿意配合剪指甲？

A 那个真的好恐怖！像我的脚要被剪断一样恐怖！

动物的脚是他们谋生的唯一工具，如果在大自然，断腿的动物基本上是没有存活概率可言的。因此我们抓着他们的脚要剪指甲，他们本能的恐惧会油然而生，拼命挣扎也就理所当然了。

Solution ＼

常常在沟通时，我都会跟猫咪说："剪指甲时你不要看，就没那么恐怖了。"后来陆续收到几个照护人回报，他们家猫咪现在剪指甲都会"故意看旁边"。

大家在剪指甲的时候，也可以稍微遮掩猫咪的视线（但不要用盖布袋的方式遮，他会吓死），一个人剪，另一个人给零食或是抚摸猫咪分散注意力，不要让猫咪看到剪指甲的动作，压迫自然减少，挣扎也会大幅降低。

Q 为什么凌晨 / 早上爱乱叫？

A 因为我好饿啊！我真的好饿！

不知道大家是否知道猫咪是少量多餐型的动物，如果觉得奇怪，你可以思考，野生猫咪通常是以什么为主食？小麻雀或是小老鼠。

我的意思是，猫咪演化后的肠胃已经习惯一次用餐就是一只小鸟或老鼠的分量，他们的演化过程让他们习惯少量多餐。

所以6～8小时的睡眠时间不进食，对他们来说，真的是太久了！

Solution ＼

我通常会建议照护人晚上回家喂一次，这一次别太多，先以干粮为主，主要是止饥。

晚上陪猫咪玩至少半小时，之后是第二次睡前喂食。

此时可以以罐头为主。罐头大多是肉类，肉就是蛋白质，蛋白质比较耐饥，就跟你中午只吃一碗面，下午一定很快就饿肚子的道理是一样的。

罐头再加上多多的水，趁机让你家猫咪多喝点水，放下食物后就熄灯睡觉。

此时猫咪已经跟你玩了半小时，原本就有些累，之后再花些时间吃饭，最后还要花时间理毛，通常不久后就会沉沉睡去，不大容易再上演夜半歌声或早晨哭天的戏码了。

Q　你愿意结扎吗？

A　那是什么？听起来好恐怖！我不要！

大部分动物都不能理解什么是结扎，就算解释后，只要提到带他们去看医生，他们就会恐慌地说不要、不要、不要！

我觉得就像你问小孩要不要去看医生，小孩不明就里通常都是一口拒绝。但小孩说不看医生就能不看吗？是否该结扎，还是要经过照护人的谨慎思考评估，为他们做对他们来说最好的决定才是。

Q　生活会无聊吗？需要多一只小狗／小猫陪你吗？

A　家里有我一个就好了嘛。为什么要多一个来抢我的爸爸妈妈跟食物？而且万一我被欺负怎么办？我不要！

大部分动物无论猫狗，都有地域性，而且动物大多是安于现状、不喜欢变动的。对于要新增加一个动物，通常都持反对票。

但是就像我姐姐在我小时候也很讨厌我，但现在，我们的感情很好。

独生子女一定都不想要有弟弟妹妹的，但是有了以后，还是会适应，感情还是会升温的。

如果想为家中的动物添伴，我建议还是添幼犬、幼猫，因为一来成猫、成犬大多还是会愿意照顾幼兽；二来幼兽较不会有地盘威胁性，原本的旧猫、旧狗也比较不会感到压迫。

Leslie最常被问？——照护人发问

Q　你为什么会学动物沟通？怎么发现自己有这样的能力？

A　一位我很信任的朋友介绍我认识我的老师的。

大学时期打工认识的朋友，几年后看到她在Facebook说：学了动物沟通，想征求练习的动物。我给我们家Q比报名后，深深折服于她的细腻与神准，之后询问她是跟哪位老师学的，才一路顺势而下。

Q　学动物沟通以来，你觉得生活最大的改变是什么？

A　变得乐观、正面很多。

以前我是个很负面且偏激的人，但是做了动物沟通师以后，也许是因为常常接触小动物很舒压疗愈；又或者是动物常常活在当下，快乐不快乐倏忽即逝，长久以来这种观念多少有影响到我，这是我推测的最主要的原因。（但过于活在当下可能会导致不爱存钱……妈妈不要看。）

Q 我们家毛小孩的声音听起来怎么样?

A 声音其实都是我自己的声音，有点类似内心与自己对话的感觉。但是可以通过说话的节奏、语气，感受不同的鲜明个性。

Q 很多人都说学动物沟通要吃素，你现在吃素吗?

A 目前努力朝吃素之路迈进中。

因为学会动物沟通，“万物皆有灵”这句话几乎成为我的信仰。目前，能够自然地几天都吃素而不觉辛苦，也不会想吃肉，但有时还是有突然很急需蛋白质营养的感觉。

我觉得任何动物生长在这个世界，难免会阻碍到其他生物的生长空间。就像雨林的树要长高，一定会遮到其他树的阳光。我以前常开玩笑说人类真的想节能省炭就得全部灭绝，这才是拯救地球的唯一途径（偏激言论，乖孩子不要学）。

目前对我来说，我会摄取我健康所需的营养，并且一

定会把它吃完。感激所有动植物奉献生命来成就我的体力与生存，我不会浪费一丝一毫他们的牺牲。

Q　你学会动物沟通以后，和Q比的相处有什么差别?

A　其实没什么差别。(笑)

刚开始学会时，Q比好啰唆，什么都爱吵，这个不要吃，那个不想要，今天想要出去玩，怎么昨天那么晚回来。不是开玩笑的，很像家里多了个4岁小孩。

现在比较会把她当普通会讲话的小狗相处（这样算普通吗），例如她说很久没吃白色的肉，我就会理直气壮回她因为我没买啊!

不过最方便的是，可以实时知道她身体哪里不舒服，或是厕所尿布脏了她会主动来跟我说要去换。

Q　你做动物沟通时常常会带着Q比，是带着她，感应能力会比较强吗?

A　没有，动物沟通的顺畅与否跟她一点关系都没有，只是不带她出来，她自己在家会很无聊。(笑)

Q　你进动物园会不会听到很多声音?

A　我还没尝试过。

也许未来会有机会，不知道为什么，目前还不会想要尝试。

也许我自己也会有点害怕吧。

Q　你会听到蟑螂、蚂蚁的声音吗？

A　也许是先天抗拒的关系，我没有听到过。

因为打从心底的抗拒，所以我从来没有尝试过想要静心静坐来倾听昆虫类的声音，而且目前也完全没有想要尝试。

Q　学动物沟通以来，觉得很挫折的事情是什么？

A　一辈子没有比现在更常被骂是骗子过！（笑）

大多数人听到动物沟通师通常第一个反应还是灵媒、神棍之类的，虽然我能理解各人有各人的偏见，我也没资格要求别人因我而改变，或是逼人家信任我，但是常常被说是骗子或神棍，还是很无奈。

照护人最常被问？——毛小孩发问

Q 为什么那么爱帮我洗澡？不要洗澡好不好？

Q 为什么那么爱剪我的指甲？

Q 为什么喜欢抓着我的脚搓我的脚又不还我？

Q 为什么你们人类自己那么爱洗澡，每天都洗？

Q 为什么给我食物前都要我等很久？

Q 为什么我不能天天出去玩，可是你们可以天天出去？

Q 为什么我不能舔我自己？每次舔鸡鸡都会被骂！

Q 为什么你们都那么晚回来？

Q 为什么那么爱抱我？被抱高高又不能乱动很不舒服耶！

Q 为什么我一定要去阳台尿尿，不能想尿哪里就哪里？

Q 为什么这个可以咬，那个不可以咬？到底标准是什么？

Q 为什么那么久没有带我去草地跑跑？我想去草地！

Q 为什么一个人带我出去走走都很快就回家，两个人就可以走比较久再回家？

Q 为什么不经过我同意就带另一个猫/狗回家？（震怒）

Q 为什么你会突然不在家好几天，我很想你又很害怕，你知道吗？

Q 我好讨厌另一只猫，可以把他赶出家里吗？拜托！

Q 为什么另一只猫很爱在我吃饭的时候来打我？你跟他说不要这样好不好？

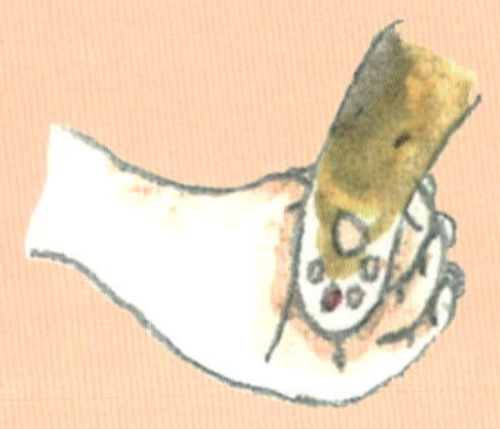

Q 为什么你常常回家的时候身上有另一只猫的味道？

Q 为什么你常常要拿那个白色的、很大声的东西靠近我，还会吹出热风？我好怕！

Q 为什么我不能上床睡觉？每次我上去就被赶下去！

Q 为什么我不能睡在你的衣服上？你的衣服都是你的味道，我好喜欢！

Q 为什么要穿衣服在我身上？紧紧的很不舒服耶！

Q 为什么我出门一定要被绳子绑着，不能想去哪儿就去哪儿？

Q 为什么我很喜欢的那个床／玩具不见了？可以还给我吗？

Q 为什么要逼我认识别的狗，跟别的狗做朋友？可以不要吗？

Q 为什么现在的家都没有太阳？以前的家有好多好多太阳哦！

Q 可以不要送我去那个有很多奇怪的动物的地方吗？

Q 你不在也没关系！我希望可以自己在家！

（注：照护人因出国把狗送到住宿旅馆，狗有社交障碍，很不喜欢跟别的动物相处。）

图书在版编目（CIP）数据

幸好你还在这里，我还在你身边/裴惟信著；汤椀茹绘.—北京：九州出版社，2015.10

ISBN 978-7-5108-4019-7

Ⅰ.①幸… Ⅱ.①裴… ②汤… Ⅲ.①随笔－作品集－中国－当代 Ⅳ.①I267.1

中国版本图书馆CIP数据核字(2015)第258915号

幸好你还在这里，我还在你身边

作　　者	裴惟信　著　汤椀茹　绘
出版发行	九州出版社
出 版 人	黄宪华
地　　址	北京市西城区阜外大街甲35号（100037）
发行电话	（010）68992190/3/5/6
网　　址	www.jiuzhoupress.com
电子信箱	jiuzhou@jiuzhoupress.com
印　　刷	三河市嘉科万达彩色印刷有限公司
开　　本	880毫米×1230毫米　32开
印　　张	7.5
字　　数	172千字
版　　次	2016年1月第1版
印　　次	2016年1月第1次印刷
书　　号	ISBN 978-7-5108-4019-7
定　　价	38.00元

Leslie
talks to
animals

Leslie
talks to
animals

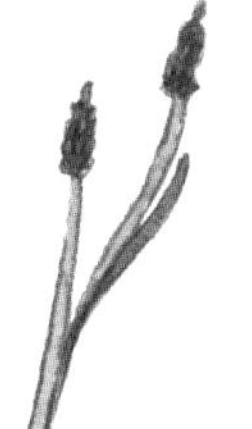

Leslie
talks to
animals

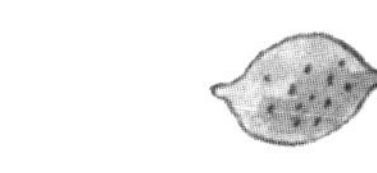

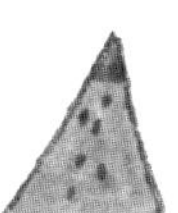

Leslie
talks to
animals

Leslie
talks to
animals

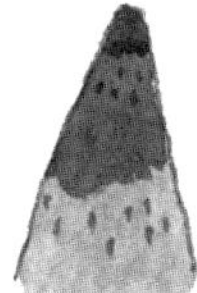

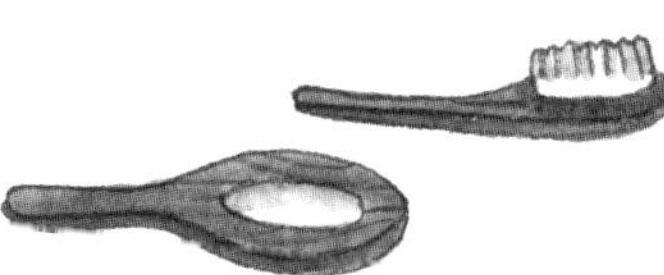

Leslie
talks to
animals

Leslie
talks to
animals

Leslie
talks to
animals

Leslie
talks to
animals

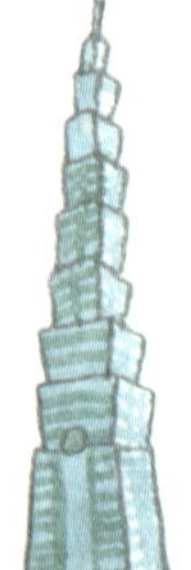

Leslie
talks to
animals

Leslie
talks to
animals

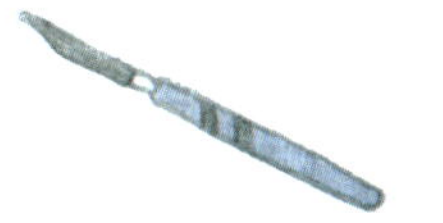

Leslie
talks to
animals

Leslie talks to animals

Leslie talks to animals

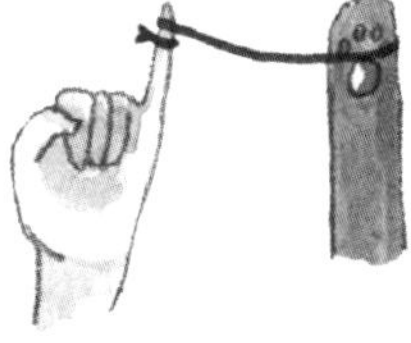

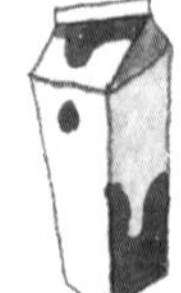

Leslie talks to animals